Jacobs Weg

von Südindien an den Elbstrand

Tom Diesbrock ist Psychologe, Karrierecoach und Sachbuchautor. Er lebt und arbeitet in Hamburg. Von ihm sind bisher u.a. erschienen:

Ihr Pferd ist tot? Steigen Sie ab! Wie Sie sich die innere Freiheit nehmen, beruflich umzusatteln (Campus Verlag 2011)

Jetzt mal Butter bei die Fische! Das Selbstcoaching-Programm für Ihre berufliche Neuorientierung (Campus Verlag 2012)

HERMANN! Vom klugen Umgang mit dem inneren Kritiker (Patmos Verlag 2011)

www.tomdiesbrock.de

Tom Diesbrock

Jacobs Weg

von Südindien an den Elbstrand

Herstellung und Verlag: BoD – Books on Demand, Norderstedt
ISBN: 9783732296644

Nach einem heftigen Sturm geht ein Mann am Strand spazieren.
Das Meer hat Tausende von Seesternen auf den Sand gespült.

Da sieht er einen Jungen, der einen Seestern nach dem anderen aufsammelt und zurück ins Meer wirft. Er sagt zu ihm:
„Es gibt im Meer doch Millionen von Seesternen,
Tausende liegen hier am Strand, und du bist ganz allein.
Es macht keinen Unterschied, ob du einige von ihnen zurückwirfst, du kannst ohnehin nicht alle retten."

Da bückt sich der Junge erneut, hebt den nächsten Seestern hoch und sagt:

„Es macht einen Unterschied für diesen hier!"

(Unbekannter Verfasser)

Westjütland - Oktober 2013

Von überall aus dem kleinen Holzhaus kommen knackende und knarrende Geräusche, während der Nordseesturm mit Macht gegen Wände und Dach drückt. Regentropfen laufen hektisch über die Fensterscheiben und lassen den Blick auf die Dünen und die weite heidebewachsene Ebene davor verschwimmen. Dort draußen sind die Temperaturen schon spätherbstlich kühl, und ich bin froh, es hier vor dem Feuer warm und behaglich zu haben. Es duftet nach verbranntem Holz und nach Kaffee über den typischen Gerüchen von Salz, Strandhafer und lange unbewohntem Ferienhaus.

Eingerollt vor meinen Füßen auf einer Wolldecke unter dem Kaminofen liegt Jacob. Er döst mit halb offenen Augen vor sich hin, als würde er tagträumen. Nur ab und zu schaut er auf, wenn ein Geräusch das Getöse des Sturms kurz übertönen kann. Dann hebt er müde den Kopf, starrt eine Weile in die unwirkliche Welt vor unserem Haus, bis er sich überzeugt hat, dass keine Gefahr droht, und rollt sich wieder ein.

Wie gut, dass der Kühlschrank gut gefüllt ist und ich vorerst das Haus nicht verlassen muss. Soll der Sturm ruhig noch eine Weile weiter stürmen! Ich fühle mich wie auf einer Insel am Ende der Welt - in dieser Jahreszeit ist kaum ein Mensch in der Gegend. Wenn wir abends über die Dünen wandern, sehe ich nur gelegentlich Licht aus einem weit entfernten Haus scheinen. Es ist dann gut zu wissen, nicht ganz allein zu sein. Aber auch, dass die anderen Menschen uns nicht zu nah sind.

Fast jedes Jahr verbringe ich im Herbst einige Zeit an der dänischen Nordseeküste - wenn die Sommertouristen schon lange abgereist und die Weihnachtsurlauber noch nicht da sind.

Nirgendwo kann ich besser entspannen, wenn ein Jahr langsam seinem Ende entgegengeht und in mir die Sehnsucht nach Abstand und Ruhe aufsteigt. Besonders in diesem so turbulenten Jahr zog es mich hierher. Ich war auch gespannt, wie Jacob die Nordsee gefallen würde, denn er wurde am Meer geboren und verbrachte dort seine ersten Lebensmonate. Allerdings an einem sehr weit entfernten Meer.

Gerade rumpelt es draußen laut, und wir schrecken beide auf. Erst befürchte ich, dass sich etwas vom Dach gelöst hat. Aber es ist nur ein Liegestuhl, der vom Wind gegen eine Holzwand geschleudert wurde. Jacob widmet sich wieder seinen Träumen und ich mich dem Notebook auf meinem Schoß. Ich bin nämlich nicht nur hier, um zu faulenzen und mit Jacob am Strand spazieren zu gehen - ich habe mir auch Arbeit mitgebracht. Anfang des Jahres hatte ich mir vorgenommen, bis zum Herbst ein neues Buch fertig zu schreiben, ein ziemlich umfangreiches. Aber dann hatte ich bis zum Sommer herzlich wenig Lust und Energie für dieses Projekt und - Jacob sei Dank - auch viel weniger Zeit als erwartet.

Also beschloss ich im September, mich für zwei Wochen zum Schreiben ans Meer zu verziehen. Ich mag solche Schreibklausuren weit weg von den vielen kleinen Störungen im Alltag sehr - immer wieder an der Nordseeküste, aber auch gern im Süden auf einer kanarischen Insel oder in Jacobs Heimat Indien.

Jetzt gelingt es mir nur überhaupt nicht, mich auf mein Thema zu konzentrieren, das mir gerade ziemlich trocken erscheint. Bisher habe ich kaum etwas Vernünftiges zustande gebracht.

Kein Wunder, denn anstatt auf den Bildschirm zu schauen, wandert meine Aufmerksamkeit immer und immer wieder zu meinem Hund. Es wird mir nicht langweilig, ihn zu beobachten, und sei es beim Schlafen, wenn er im Traum zuckt, schmatzt oder manchmal kurz jault. Wo mag er in seinen Gedanken dann sein? Tobt er mit seinen Kumpels über den tropischen Strand von Varkala, seinem Zuhause? Liegt er angekettet und gelangweilt unter dem Wellblechdach seiner „Hundepension“, wo er einige Monate verbringen musste? Oder handeln seine Träume schon von seiner neuen Heimat Hamburg und dem Elbstrand?

Für mich ist es immer noch ein Wunder, dass dieser kleine Kerl jetzt hier bei mir ist. Denn hinter uns beiden liegt ein sehr langer Weg mit vielen Problemen, Sorgen und Zweifeln - und einem sehr guten Ende. Die Idee, die Geschichte unseres Weges aufzuschreiben, verfolgt mich schon eine Weile. Bisher habe ich sie nur immer wieder beiseitegeschoben - gab es doch „Wichtigeres“ zu tun. Aber eben bin ich - ohne wirklich darüber nachzudenken - einem Impuls gefolgt und habe auf meinem Computer eine neue Datei angelegt und sie *Jacobs Weg* genannt. Sofort meldete sich eine Stimme in meinem Kopf empört protestierend. *Das geht ja gar nicht! Total unvernünftig. Schließ gefälligst erst mal das Sachbuch ab. Im nächsten Jahr hast Du dann genug Zeit für anderen Kram…*

Ja, *Dienst ist Dienst, und Schnaps ist Schnaps,* sagte meine Oma immer. Es mag unvernünftig sein - aber ich möchte im Moment so viel lieber Jacobs und meine Geschichte erzählen!

Bisher habe ich Bücher geschrieben, weil ich Menschen etwas Nützliches vermitteln wollte. Und das macht mir auch großen Spaß. Aber jetzt drängt es mich zum ersten Mal, etwas Persönliches aus meinem eigenen Leben aufzuschreiben. Nicht als Experte.

Natürlich habe ich Jacobs Geschichte schon oft erzählt - meine Familie und Freunde haben sie ja sehr genau mitverfolgt.

Ein halbes Jahr habe ich wohl über kaum etwas anderes gesprochen (Niemand fragte mich mehr, wie es mir ginge, sondern nur noch *Was macht Jacob?).*

Und auch heute noch, wenn ich mich mit anderen Hundemenschen beim Gassigehen unterhalte, geht es oft darum, woher unsere Hunde stammen. *Spanien, Italien, Osteuropa, ... Indien, ach wirklich?* Dann gebe ich meistens nur die Kurzversion zum Besten. Aber noch nie habe ich diese Geschichte mit all ihren Details erzählt - und wie ich die wohl schwierigste Entscheidung meines Leben traf.

Alles begann mit einem ganz normalen Urlaub an einem Ort, den ich gut kannte...

Varkala - Dezember 2012

Ich war wieder in Indien und unerwartet noch einmal in Varkala. Die Fahrt vom Flughafen im Prepaid-Taxi durch den ganz normalen indischen Verkehrswahnsinn hatte meinem Magen ziemlich zugesetzt. Normalerweise ist der relativ robust, und ich hatte in diesem Land schon *ganz* andere Transportmittel genießen dürfen. Aber dazu kam der Klimaschock vom feuchtkühlen Dezemberwetter in Hamburg vor nicht einmal zwölf Stunden zu tropischen fünfunddreißig Grad und gefühlten hundertzwanzig Prozent Luftfeuchtigkeit. Aber auch wenn mein Körper schlapp war - ich fühlte mich großartig!

Die kleine Straße zum Strand, in der mein Taxi jetzt hielt, erinnerte ich noch gut. Zuletzt war ich vor zwei Jahren hier - als erholsame Schlussetappe nach einer anstrengenden Rundreise durch Südindien. Damals glaubte ich, dass es definitiv das letzte Mal in Varkala sein würde. So viele Touristen, viel zu viel Rummel. Und warum sollte man auch immer wieder an einen Ort kommen, den man schon kennt - wo es doch so viele andere unbekannte gibt?

Aber dann ging der Herbstregen zu Hause langsam in den Winterregen über, und meine Freundin Anna schrieb mir, sie werde über Weihnachten einige Wochen in Varkala verbringen. Ob ich nicht auch kommen wolle? Das klang zu gut, um nein zu sagen. Ich hatte für die Feiertage noch kein anderes Reiseziel, und bis zum Frühling brauchte ich nun mal eine Prise Sonne. Für mich als Selbstständigen ist das Jahresende die ideale Reisezeit, wenn meine Coachingpraxis zu Hause ohnehin leer ist. Außerdem war damals absehbar, dass die letzten Monate des Jahres ziemlich stressig werden würden. Etwas Erholung an einem paradiesischen Ort, den ich nicht mehr entdecken müsste? Das war keine üble Vorstellung. Außerdem wartete mein Buchprojekt, das ich vor einer Weile gestartet hatte, darauf, endlich weitergeführt zu werden. Was sprach dagegen, dies unter Palmen zu tun? Also buchte ich spontan einen Flug und quartierte mich in einem Guesthouse ein, das ich schon kannte.

Und so war ich jetzt also wieder hier. Mein Zimmer lag an einem kleinen Teich, in dem auf Stelzen vier Pavillons mit Dächern aus Palmenblättern gebaut waren. Auf dem eher braunen Wasser schwammen Seerosen und darin angeblich Schlangen. Meine Terrasse war schattig und still. Nur ab und zu kam einer der vielen Helfer vorbei, die für Ayurveda-Behandlungen zuständig waren - grüßte lächelnd und war verschwunden.

Ein sehr guter Ort, um den ersten Nachmittag mit Jetlag und Hitzeschock zu überstehen. So tat ich stundenlang nichts anderes, als das wuchernde Grün um mich herum zu bewundern. *Was* für ein unwirkliches Grün nach der grauen Trübnis des norddeutschen Winters - als hätte jemand etwas zu sehr am Farbregler gedreht! *Ich bin in den Tropen, wow.* Mehr brauchte ich nicht. Erst am Abend, als die Hitze etwas nachließ, fühlte ich mich fit genug, um mal am Strand vorbeizuschauen.

Varkala hat einen wunderbaren kilometerlangen Strand, der von einer Steilküste umrahmt wird. Am nördlichen Teil davon, dem North Cliff, tummeln sich die meisten Touristen. Zwar ist der Blick von den Klippen auf Strand und Meer spektakulär - das übliche Angebot aus Pizza, Banana Pancake, Ayurveda und Tibet-Trash findet man aber genauso in Goa, Thailand oder sonst wo, wo sich die Individualtouristen gegenseitig auf die Füße treten.

Der Südstrand bildet dazu einen angenehmen Kontrast, denn dort dreht sich nicht alles um Urlaub und Tourismus. An der Strandstraße liegt ein alter und bedeutender Tempel, von dem am Wochenende Hunderte von Pilgern zum Meer strömen, um dort Rituale abzuhalten. Für Hindus ist dieser Teil des Strandes ein heiliger Ort - neben badenden und in der Sonne bratenden Touristen, die keine Lust haben, auf „ihrer Seite“ zu bleiben. So mischen sich hier Religiosität und indisches Familienleben mit westlicher Urlaubskultur. Man beäugt sich gegenseitig interessiert, findet sich wohl gleichermaßen exotisch und ein bisschen verrückt. Kulturelle und sprachliche Schranken werden mit viel Lächeln überbrückt. Ich kann hier stundenlang sitzen, das Geschehen beobachten und kleine Schwätzchen halten.

Besonders mag ich das Menschengewimmel am Abend, wenn Einheimische und Touristen nebeneinander den Sonnenuntergang bestaunen. Und so saß ich damals wieder hier im noch warmen Sand, Kuchen aus der *German Bakery* in der Hand - und fühlte mich einfach nur sauwohl.

Strandhunde

Am Strand tummelten sich nicht nur Menschen. Neben den üblichen Tauben gab es jede Menge Krähen, die ihr Abendbrot zusammensuchten und dabei ordentlich zum allgemeinen Lärmpegel beitrugen (Ohne Lärm gibt's in Indien keinen Spaß!). Und durch den Trubel tobten einige Hunde, deren Zuhause anscheinend der Strand war.

Vor meiner Abreise hatte ich mich in einem Reiseforum zu Varkala umgesehen, um vielleicht ein paar Tipps und Neuigkeiten zu finden. Dabei war ich über eine eindringliche Warnung vor den Strandhunden gestolpert. Angeblich seien sie in letzter Zeit aggressiv geworden - man solle sich unbedingt vor ihnen in Acht nehmen! Mir haben Hunde eigentlich nie Angst gemacht. Aber nachdem mich vor zwei Jahren in Spanien ein weniger freundliches Exemplar gebissen hatte, nahm ich immerhin Notiz von der Meldung.

Mir kam diese Warnung jetzt in den Sinn, als eine Gruppe von drei Hunden den Strand heruntergerannt kam. Sie tobten, jagten sich gegenseitig, purzelten übereinander und hatten offensichtlich eine Menge Spaß. Gefährlich sahen sie nicht gerade aus. Auch wenn ich von Hunden keine Ahnung hatte - ich bin mit Katzen aufgewachsen - erschienen mir zwei von ihnen noch sehr jung. Ihre Bewegungen waren wunderbar unkoordiniert, und sie stolperten ständig über ihre eigenen Pfoten. Der dritte schien schon ausgewachsen zu sein, war aber mit genauso viel Begeisterung bei der Sache wie seine jugendlichen Kollegen.

Der kleinste der Gruppe war der wildeste und dem älteren gegenüber völlig respektlos. Er warf sich gegen den viel größeren Hund und biss in jedes Körperteil, das er nur irgendwie erreichen konnte - und der ließ sich alles gutmütig gefallen. Ich überlegte, ob die beiden vielleicht Papa und Sohn sein könnten, aber dafür sahen sie zu unterschiedlich aus. Manchmal wurde die Aufmerksamkeit des Kleinen von einem Stück Holz, etwas Essbarem oder einem Vogel abgelenkt. Dann wirkte er, als hätte er die Existenz seiner Kumpel für einen Moment völlig vergessen - bevor er sie wieder entdeckte und sich erneut auf sie stürzte.

Da sich eine Menge Leute am Strand versammelt hatten, blieb es nicht aus, dass die Hunde im Spiel auch mal Menschen nahekamen. Das fand offensichtlich niemand witzig, jedenfalls kein Inder. Auch nicht, wenn die Tiere etwas Essbares in einer Tasche vermuteten und höfliches Interesse zeigten. Man schimpfte, drohte und warf mit Sand nach ihnen. Dabei hatten die Hunde doch wirklich nichts Böses im Sinn. Ich ärgerte mich darüber.

Vor allem gefiel mir der kleinste des Trios! Der Sonnenuntergang war gegen ihn eine ziemlich öde Angelegenheit. Er mochte vielleicht vier oder fünf Monate alt sein und sah anders aus als seine Artgenossen am Strand. Während die Meisten gleichmäßig braun waren, heller oder dunkler, hatte er ein weißes Fell mit großen und kleinen milchkaffeebraunen Flecken. Seinen runden Babybauch zierten dunkle, runde Punkte wie bei einem Dalmatiner, und die Schlappohren sahen aus wie eine Nummer zu groß für seinen kleinen Kopf. Aber das Auffälligste an ihm war der Ausdruck in seinem Gesicht: Wenn er sich auf etwas zu konzentrieren schien, warf sich sein Fell zwischen den Ohren in Falten, und die Ohren rückten ein Stück zusammen - als würde er die Stirn runzeln. Und kleine Fältchen um die Augen ließen ihn manchmal fröhlich, aber meistens etwas traurig-melancholisch gucken. Ein sehr charmanter Kerl!

Als die Sonne verschwunden war, wurde mir erst bewusst, wie müde ich war. Die lange Reise und die Zeitverschiebung zeigten ihre Wirkung. Nachdem mich die drei Hunde bisher gar nicht zur Kenntnis genommen hatten, geschah jetzt etwas

Merkwürdiges: Als ich gerade aufstehen und gehen wollte, drehte sich der kleine Gefleckte plötzlich zu mir um. Für ein paar Sekunden saß er einfach nur da und guckte mich interessiert an. Seine braunen Augen blinzelten frech. Ich verstand diesen Blick als *Hey Du da, komm her, und spiel mit mir!* Aber als ich seinem Wunsch gerade nachkommen und zu ihm gehen wollte, drehte er sich um und stürzte sich wieder lustvoll auf seine beiden Freunde.

come here, want puja?

Mein Lieblingsrestaurant in Varkala war schon immer eine unscheinbare zweistöckige Hütte aus Palmenholz direkt am südlichen Teil des Strandes. Nicht unbedingt wegen des Essens. Aber man konnte von hier wunderbar Pilgern dabei zuschauen, wie sie mit den Priestern ihre Rituale abhielten. Im Erdgeschoss standen einige Plastiktische und -stühle im Sand, im ersten Stock konnte man das Treiben am Strand mit etwas mehr Distanz betrachten. Ich war lieber hier unten, nah am Leben. Hierher kam ich zum Frühstück an meinem ersten Urlaubsmorgen - noch ziemlich früh für meine Verhältnisse, denn ich konnte nicht mehr schlafen. Auf dem schmalen gepflasterten Fußweg direkt vor meinem Tisch herrschte jetzt schon eine Menge Verkehr. Einheimische, die ersten Touristen, Händler, die lautstark ihre Produkte anpriesen, Kinder auf dem Weg zur Schule und Pilger, die nach Gebeten am Strand zu einer Quelle weiter im Norden wanderten.

Erste Sonnenstrahlen tasteten sich schon über die Steilküste und würden bald das Restaurant erreichen. Einige der Priester hatten bereits ihre kleinen „Tempel" aufgebaut, die nur aus einer Plattform aus Sand, bunten Tüchern darüber und einem Sonnenschirm bestanden, unter dem sie saßen und auf die ersten Kunden warteten. Die meist älteren Männer trugen nur weiße Dhotis, fußlange Wickelröcke, die man beim schnelleren Schritt auf Kniehöhe raffen kann. Auf ihrer Stirn zeigten farbige Male, wer für welche Gottheiten zuständig war. Jeder der Priester hatte um sich herum Schalen mit Blütenblättern und anderen Zutaten für ihre Rituale bereitgelegt.

Ich erinnerte mich jetzt daran, wie mich vor ein paar Jahren einmal einer von ihnen an dieser Stelle zu sich herangerufen hatte. *Come here, want puja?* (puja = Gottesdienst) Ohne meine Antwort abzuwarten, legte er sofort los, als ich zu ihm ging, um zu erfahren, was er mir anbieten wollte. Also machte ich mit - schaden konnte es ja nicht. Und ich fand es spannend, nachdem ich diese Rituale schon so oft von ferne beobachtet hatte. Der ältere Herr ließ verschiedene Blätter in meine Hände rieseln und darüber immer wieder Wasser aus einer großen, etwas schmuddeligen Plastikflasche. Allerdings wirkte er nicht sehr vertieft - während er seine Gebete murmelte, drehte er sich ständig zur Seite, offensichtlich, um schon mal nach neuen Kunden Ausschau zu halten. Als er mit mir fertig war, musste ich eine Mischung aus Blütenblättern auf einem Palmenblatt zum Meer tragen und dort über meinen Kopf nach hinten ins flache Wasser werfen. Das war's dann, und er forderte 500 Rupien (= eine Menge Geld!) - und meine Sonnenbrille als Zugabe.

Während ich jetzt frühstückte, herrschte noch nicht viel Betrieb im heiligen Geschäft. Einige Hunde schliefen im Schatten von Büschen und Bäumen. Den kleinen Gefleckten konnte ich aber nirgendwo entdecken. Dafür lernte ich Pradesh kennen, einen groß gewachsenen, sehr schlanken Mann mit der hellen Haut der Menschen aus dem Norden Indiens. Er arbeitete hier als Kellner und erzählte mir von seiner Heimat, wo es für ihn keinen Job gab. Deshalb verdiente er hier Geld für seine Familie. Obwohl er mir erklärte, wie sehr es ihm in Varkala gefiele und dass er schon in der zweiten Saison hier sei, wirkte er eher ein wenig traurig auf mich - als sei er nicht wirklich am richtigen Platz. Aber ein Inder würde sich immer schwer damit tun, so etwas zuzugeben.

Pradesh war ein sehr freundlicher Mann mit warmen Augen, der mir sofort sympathisch war. Ich fragte ihn nach den Hunden hier am Strand, und er wusste sofort, welchen ich meinte, als ich ihm den Kleinen vom vorigen Abend beschrieb. Ja, der sei hier geboren, wohl ungefähr im August. Pradesh fütterte ihn manchmal, erzählte er mir, weil der Kleine ein so lieber Kerl sei. Und weil er ihn an seinen eigenen Hund erinnerte, den er zu Hause zurücklassen musste. Wie schwer ihm das fiel, war an seinem Gesicht leicht abzulesen.

Aber wer fütterte die Strandhunde im Sommer, wenn kaum noch Touristen hier sein würden? Das wusste er auch nicht. Wahrscheinlich würden sie sich in den Restaurants Essen erbetteln. Nur wie viele Restaurants würden dann wohl noch geöffnet sein? Bestimmt nicht viele. Wenn der Monsun hier im Juni einsetzt, würde auch Pradesh wieder zu Hause sein. Und mir fiel auf: Alle Hunde, die ich bisher gesehen hatte, sahen noch jung aus. Wo mochten wohl die älteren sein?

Etwas später stand die Sonne schon hoch am Himmel. Ohne Schuhe verbrannte einem der Sand die Fußsohlen, und nur einige Touristen lagen tapfer - oder wahnsinnig - in der prallen Sonne. Das war nichts für mich - ich verbrachte die heißen Stunden lieber im Schatten an meinem kleinen Teich. Erst am späten Nachmittag tauchte ich am Strand wieder auf. Heute war ein Wochentag, deshalb ließen sich nur wenige Einheimische hier sehen. Ich legte mich in der jetzt angenehmen Sonne auf mein Handtuch und döste und träumte vor mich hin. Die Wellen schlugen gleichmäßig auf den Strand, Krähen machten Lärm, und aus einem entfernten Laden düdelte die unvermeidliche indische Popmusik. Schon nach einem Tag fühlte ich mich weit weg von Hamburg, meiner Arbeit, dem Winter - wo Menschen sich jetzt kurz vor den Feiertagen verrückt machten und sich wie die Duracell-Hasen durch die Innenstadt shoppten.

Ich musste eingeschlafen sein, denn ich schreckte plötzlich auf, weil mich etwas an der Schulter berührte. Direkt neben mir lag auf meinem Handtuch ein kleiner gefleckter Hund, dessen ganze Aufmerksamkeit meinem Flipflop galt, auf dem er genüsslich herumkaute.

kleiner Freund

Die Tage in Varkala zogen entspannt an mir vorbei. Meist begannen sie mit einem Morgenkaffee beim Schwatz mit Pradesh. Der erzählte mir gern von seinem Dorf, der Familie und seinen Zukunftsplänen. Eines Tages wollte er sein eigenes Restaurant eröffnen, wahrscheinlich irgendwo in Goa, wo er früher schon gearbeitet hatte. Dass er dafür viel mehr Geld brauchte, als er hier verdiente, konnte seinen Enthusiasmus aber keinesfalls bremsen. Irgendwie würde das schon klappen, meinte er zuversichtlich. *No problem.* Inder sehen wohl generell etwas positiver in die Zukunft als wir Deutschen, glaube ich.

Pradesh wollte auch von mir genau wissen, wie mein Leben so aussieht. Dass ich in meinem *hohen Alter* nicht verheiratet war, verstand er genauso wenig wie jeder andere Inder, mit dem ich je sprach. Ich erfand für ihn eine Freundin, mit der ich angeblich schon Ewigkeiten liiert war - *fast wie verheiratet* - um Pradesh nicht völlig zu verstören. Dass man in Deutschland jahrelang Single sein - und trotzdem NICHT bei seinen Eltern leben - kann, ist für das indische Lebensverständnis schlicht unglaublich.

Genauso wie mein Eingeständnis, dass ich zu Hause weder ein sehr großes Auto fahre noch Personal beschäftige. Keinen Koch oder Chauffeur und nicht mal jemanden, der meinen Haushalt organisiert? Jemand, der in Europa lebt und mit dem Flugzeug für einige Wochen hierherkommen kann, muss doch ein sehr reicher Mensch sein. Und reiche Menschen haben in Indien jede Menge Personal! Dass ich mir Dienstboten gar nicht leisten kann, war für Pradesh - bei den indischen Löhnen - unvorstellbar. Und so staunten wir beide über die fremde Lebenswelt des anderen. Nur dass ich mir seine Welt anschauen und bereisen konnte und er wohl nie eine Chance haben würde, sich meine anzusehen.

Tagsüber, wenn die Sonne so richtig aufdrehte, verbrachte ich viel Zeit lesend und dösend in schattigen Cafés auf dem touristischen North Cliff oder schreibend auf meiner Terrasse. Und stundenlang konnte ich bei Anna und ihren Freunden teeschlürfend auf ihrer Dachterrasse mit Meerblick sitzen.

Je näher Weihnachten rückte, desto voller wurde es überall. In meinem Guesthouse waren alle Zimmer inzwischen belegt. Neben mir wohnte eine junge Französin, die gerade ihren Job verloren hatte und jetzt versuchte, ihr Leben mit Yoga und Ayurveda in neue Bahnen zu lenken. Was ihr allerdings nicht wirklich gelang, denn sie machte keinen sonderlich glücklichen Eindruck. Wir sprachen manchmal über ihre Träume und Ängste und was sie später zu Hause tun könnte. Ich mochte sie und versuchte, ihr ein bisschen zu helfen - als Coach ist dies ja mein tägliches Brot. Aber meine konkreten Tipps interessierten sie herzlich wenig - denn sie war sich sicher, dass ihr die Reise durch Indien einen Kick geben und ihr Leben verändern würde. Irgendwie.

Woher haben Menschen nur diese Idee, dass ein Land so etwas kann? Und dann gerade Indien! Als würden hier Spiritualität und metaphysische Selbsterfahrung in der Luft liegen und den Touri nach drei Wochen als neuen Menschen nach Hause fliegen lassen. Ein bisschen Yoga, etwas OM und Schmökern in esoterischen Büchern. Und peng?

Ich habe tatsächlich schon einige - meistens junge - Leute getroffen, die mit solchen Erwartungen unterwegs waren. Und noch häufiger habe ich mich mit anderen Reisenden darüber amüsiert, wie man als Indientourist zu Hause befragt wird: *Warst Du in einem Ashram? Hast Du meditiert? Hat Indien Dein Leben verändert?* Wer nach Indien reist, tut das natürlich, um sich selbst zu finden, logisch. Als würde man auf Mallorca nur Trinkurlaub machen und in Thailand - Sie wissen schon. Das Klischee lässt grüßen…

Die Highlights *meiner* Tage waren aber die Abende am Strand. Sonnenuntergang und Strandstimmung, das war schon ziemlich toll. Am meisten freute ich mich allerdings darauf, die Hundegang zu treffen und mit ihnen zu spielen. Sie balgten sich um Stöcke, die ich für sie warf, oder jagten sich gegenseitig Blumengirlanden ab, die von den Pilgern im Meer zurückgelassen worden waren (heiliges Spielzeug!). Und immer waren Krähen und Tauben für action gut. Meistens waren es drei oder vier Hunde in wechselnden Besetzungen. Mittendrin stets der gefleckte Welpe, der mir immer mehr ans Herz wuchs.

Inzwischen kam er schon sofort schwanzwedelnd zu mir, wenn er mich am Strand entdeckte. Seine Kumpel schienen ihm gar nicht mehr so wichtig zu sein. Dann spielten wir zu zweit oder bummelten gemeinsam am Wasser entlang. Oder wir saßen einfach nur gemeinsam im Sand und schauten uns das Treiben an. Natürlich fing ich an, ihm Essen mitzubringen. Am Abend bestellte ich mir Gerichte, von denen ich etwas in einer Serviette für den Kleinen mitnehmen konnte. Pizza und Pakoras waren dafür besonders geeignet. Und ich hatte immer Kekse im Rucksack - auf die fuhr er in jeder Variation ab! Man müsste Dich *Cookie* taufen, dachte ich, aber ich wollte ihm keinen Namen geben - ich fand, das stand mir nicht zu. Er war ja schließlich nicht mein Hund, und unsere Wege würden sich bald trennen. Ich nannte ihn einfach *kleiner Freund*.

Wenn er nicht am Strand war, bezog er abends Position vor zwei Restaurants, an denen der Weg zum North Cliff vorbeiführte. Dort musste zwangsläufig der ganze Nord-Süd-Verkehr vorbeigehen. Ein strategisch hervorragender Ort also, um nach Essen und Streicheleinheiten zu fragen. Und der Kleine war dabei einfach unwiderstehlich! Nicht gerade zurückhaltend - aber so umwerfend charmant, dass er von den meisten Touristen zumindest ein Lächeln bekam. Und immer gab es Leute, die ihm aus den Restaurants etwas Essen von ihrem Tisch abgaben.

Zwar tummelten sich hier auch andere Hunde - aber keiner bekam so viel Aufmerksamkeit und Futter wie mein kleiner Freund. Deshalb sah er wohl auch nicht so mager aus wie die meisten seiner Kumpel, eher ein bisschen welpenpummelig. Später am Abend, wenn er satt war und ausreichend gespielt hatte, saß ich oft einfach so neben ihm im Sand, streichelte ihn oder sah ihm beim Schlafen zu. Manchmal lag er auch auf meinem Schoß - auch wenn er eigentlich schon etwas zu groß dafür war. Gern sogar auf dem Rücken wie ein Baby. Inder, die an uns vorbeischlenderten, lächelten dann meistens etwas gequält. Offensichtlich konnten sie überhaupt nicht nachvollziehen, was mich mit diesem Tier verband.

Manchmal entdeckte mich der Kleine schon am Morgen, kam zu mir in das Hüttenrestaurant und ließ sich mit meinem Frühstück füttern. Dann schwärmten Pradesh und ich gemeinsam, was für ein toller und kluger und netter Kerl er doch sei. Von anderen Touristen wurde ich häufiger gefragt, ob denn der Kleine *mein* Hund sei. Ja, das wäre wunderbar, antwortete ich dann immer - aber dass sein Platz nun einmal der Strand sei. Hier schien er ein gutes Leben zu führen.

Nach einer Weile musste ich es mir eingestehen: Ich war schwer verliebt! Zum ersten Mal in meinem Leben in einen Hund. Die Symptome waren eindeutig: Unser abendliches Rendezvous am Strand war inzwischen der Höhepunkt meines Tages, auf den ich mich schon lange vorher freute. Und wenn ich mich dann vom Kleinen verabschiedete, weil ich ihn ja nicht mit in mein Guesthouse nehmen konnte, tat es mir jedes Mal ein bisschen mehr weh im Herzen. Vor allem, wenn er das nicht verstand und ganz selbstverständlich mit mir kommen wollte. *Ey, was soll denn das. Ist doch so nett mit uns. Wieso nimmst Du mich nicht mit, Rudelkumpel?* Ich musste dann schnell und entschlossen weggehen, ohne mich umzudrehen. Und wenn ich es dann aus einiger Entfernung tat, stand er noch da und sah mir nach. *Verräter!* sagte ich dann zu mir.

In meinen Mails nach Hause berichtete ich ausführlich von meinem neuen Freund und legte täglich aktuelle Fotos bei. Einige Leute fragten mich, *ob ich etwa ernsthaft daran dächte, ihn nach Hamburg zu holen?* Darin schwang ein gewisses Entsetzen - als überlegte ich, mir einen indischen Elefanten für meinen Garten mitzunehmen. Wäre es denn wirklich so hirnverbrannt? Aber ich versicherte ihnen brav, dass ich das - so gern ich es täte - nicht in Erwägung zog. Keine Elefanten, keine Hunde. Schließlich habe der Kleine hier ein gutes Leben. Was sollte ein

Strandhund auch in der Stadt? Und dann noch im kalten Norden. Nein, keine Sorge. (War aber ein bisschen gelogen.)

unmöglich!

Weihnachten in Varkala war keine sonderlich besinnliche Angelegenheit. In meinem Guesthouse gab man sich zwar viel Mühe und hängte beleuchtete Sterne über dem Teich auf, was auch sehr schön aussah. Am Heiligabend waren zwei Angestellte den ganzen Tag damit beschäftigt, am Eingang eine Krippe aufzubauen und liebevoll einzurichten. Aber eine feierliche Stimmung konnte ich nirgendwo entdecken. Vor allem nicht in mir. Wie soll man auch bei 35 Grad im Schatten besinnliche Gefühle entwickeln?

Überall, wo es einen Internetzugang gab, sah man Leute mit Notebooks und iPads, die mit der Heimat skypten und dabei irgendwie verkrampft aussahen. Als fühlte man sich moralisch verpflichtet, sich in der Heimat zumindest mal virtuell blickenzulassen - wenn man sich schon vor dem Feiertagstrubel drückte. Ging mir ja auch so. Anschließend konnte man beruhigt zur Urlaubstagesordnung zurückkehren. Untereinander tauschte man sich dann gern über das miese Wetter und den Feiertags-Hype zu Hause aus und wie erleichtert man selbst war, nicht dort sein zu müssen.

Nur die üppige Dekoration überall ließ uns Drückeberger nicht vergessen, was gerade Sache war. Indische Weihnachtsdeko ist übrigens klasse! Sehr farbenfroh, glitzernd und gern bunt blinkend. Bollywood meets Christkindlmarkt. Kein Restaurant verzichtete auf ein Minimum an beleuchteten Pappsternen mit teils ergreifenden christlichen Darstellungen. Und man meinte überall, uns Wessies mit fragwürdigen Weihnachtsmenüs und Partys den vermeintlichen Schmerz lindern zu müssen, weil wir nicht bei unseren Lieben sein können - für einen Durchschnittsinder wäre das wohl auch der emotionale Supergau.

Am nettesten fand ich die Krippen, die von Kindern an jeder Ecke aufgebaut wurden, um dafür Anerkennung und ein paar Rupien zu bekommen. Die dabei gezeigte Kreativität war beachtlich: Man beschränkte sich nämlich nicht auf die üblichen öden Krippenprotagonisten, sondern hatte keine Scheu, nichtbiblische Figuren mitspielen zu lassen. Warum nicht mal Luke Skywalker? Klingt doch durchaus christlich, oder? Für den Abend war auch in meinem Guesthouse eine große Party angekündigt - mit einer Tanzshow als Bonusprogramm. Nicht unbedingt mein Ding.

Nachdem ich also mit meiner Familie Weihnachtswünsche ausgetauscht, Neidbekundungen entgegengenommen und den Weihnachtsbaum gebührlich bewundert hatte, tat ich etwas, das mir seit Tagen durch den Kopf ging. Ich gab bei Google *Einreise, Hund* und *Indien* ein. Auch wenn ich jedem erklärte, dass ich wirklich nicht daran dächte, meinen kleinen Freund nach Hamburg zu holen - in Wirklichkeit tagträumte ich ständig davon. Wie es wäre, mit ihm spazieren zu gehen und ihm den Elbstrand zu zeigen. Wie er der beste Freund meines Katers wäre. Wie man mich offiziell für verrückt erklären würde.

Meine stille Hoffnung war, dass ich den Kleinen in Trivandrum impfen lassen und das Impfdatum vielleicht ein paar Wochen zurückdatieren lassen könnte (Bakschisch?) - um ihn dann gleich mitzunehmen. Ich erinnerte mich, dass Leute es in Südeuropa so gemacht hatten. Jedenfalls hatte ich solche Geschichten schon gehört. Und ich empfand eine diebische Freude bei dem Gedanken an die Gesichter meiner Leute zu Hause - wenn ich tatsächlich mit einem Hund vor der Tür stehen würde!

Als Erstes stellte ich fest, dass es kaum Infos zu dem Thema gab. Hunde aus Süd- und Osteuropa einführen? Kein Problem, dafür setzte sich eine unüberschaubare Zahl von Initiativen ein. Indien gehörte aber offensichtlich nicht zu den Ländern, aus denen Nordeuropäer normalerweise ihre Haustiere rekrutieren.

Dann wurde ich auf den Seiten des Bundesministeriums für Ernährung, Landwirtschaft und Verbraucherschutz (!) fündig. Dort war von einer europäischen Verordnung die Rede, die den Import von Hunden, Katzen und Frettchen (!!) aus Nicht-EU-Ländern regelt. Ich schaute mir den Gesetzestext genau an - und verstand nur Bahnhof. Auch nach mehreren Anläufen kapitulierte ich spätestens im zweiten Absatz.

Glücklicherweise fand ich andere Websites, die sich Mühe gaben, auch Nicht-EU-Juristen an ihrem Wissen teilhaben zu lassen. Und was ich las und schließlich kapierte, war einfach nur frustrierend: Indien ist ein *nicht gelistetes Drittland* und gehört damit in die mieseste Kategorie. Die wortreichen Gesetzestexte drehten sich im Kern nur um ein Thema: die Tollwut. Was für Krankheiten ein Tier sonst mit sich herumschleppt, ist Europa völlig schnuppe. Aber Tollwut soll es bitte auf gar keinen Fall haben, was ja auch nachvollziehbar ist. Um das ganz, ganz sicher auszuschließen, muss Hund/Katze/Frettchen geimpft und eine Blutprobe in einem von der EU zertifizierten Labor untersucht werden. Wo es ein zugelassenes Labor außerhalb Europas gab? Darüber fand ich nichts. Wenn der Test positiv ausfällt, muss Hund/Katze/Frettchen trotzdem noch drei Monate warten. Erst dann darf eingereist werden. Mit den richtigen amtlichen Papieren, versteht sich.

Für mich bedeutete das ohne jeden Zweifel: Vergiss es, geht nicht. Denn wo hätte der Kleine vier Monate bleiben sollen? Und selbst wenn ich die Impfung irgendwie organisiert bekäme

- wer sollte sich um den Bluttransport kümmern? Und schließlich ging mein Urlaub in gut einer Woche zu Ende.

Ich war natürlich traurig. Etwas in mir sagte rechthaberisch *Du WUSSTEST doch, dass es unmöglich ist!* Hatte ich wirklich ernsthaft damit gerechnet, dass es klappen könnte? Musste ich mir nicht eingestehen, dass es vor allem eine aufregende Fantasie war? Gleichzeitig spürte ich auch Erleichterung, denn jetzt war die Lage zumindest klar: Unsere Wege würden sich bald trennen. Sehr traurig, aber eben unvermeidlich.

Über dem Weihnachtsabend und meiner Stimmung hing nun ein Schatten, meine ohnehin geringe Partylaune war endgültig auf null gesunken. Ich entschied mich, noch mal zum Strand zu schauen, obwohl es schon dunkel war. Dort fand ich den Kleinen schlafend zusammengerollt unter einem Boot, das umgedreht am Wasser lag. Er blinzelte mich erst verschlafen an - *Was machst Du denn hier?* - und freute sich dann wie immer ausgiebig über meinen Besuch. Ich hatte ihm ein paar meiner Lieblings-Weihnachtskekse mitgebracht. Zimtsterne, die er mit großem Appetit verschlang. *Cookie-Monster.*

Der Kleine war dann hellwach und fröhlich und wollte bespaßt werden. Wie so oft schnappte er sich einen meiner Flipflops, die schon deutliche Spuren seiner Spielfreude aufwiesen, und rannte in Richtung Wasser. Mein Job wäre jetzt gewesen, nett schimpfend hinter ihm herzurennen. Er würde sich dann von mir fangen lassen, damit ich versuchte, ihm den Latschen wegzunehmen - was er selbstverständlich nicht zulassen würde.

Normalerweise machte mir das großen Spaß und konnte uns beide lange beschäftigen. Aber jetzt war mir nicht nach Spielen, und der Kleine merkte es schnell. Er ließ den Latschen fallen, setzte sich vor mich und schaute mich an, als wollte er sagen *Ey, was ist los? Bist Du traurig? Ist doch alles super! No problem!* Die Vorstellung, dass wir in einer Woche zum letzten Mal hier zusammen sein würden, machte mich fertig.

Ich legte mich in den noch warmen Sand, nahm den Kleinen in meinen Arm und schaute in den unglaublichen indischen Sternenhimmel. So nah am Äquator.

Abschied

Drei Wochen Varkala lagen bald hinter mir. Und die waren völlig anders verlaufen, als ich es mir vorgestellt hatte. Anstatt mich nur faulenzend zu erholen, nette Leute zu treffen und etwas zu schreiben, hatte ich mich zum ersten Mal in einen Hund verliebt - den ich jetzt zurücklassen musste. Die letzten Tage mit meinem kleinen Freund waren sehr schön - aber für mich eben auch bittersüß traurig. Der Abschied rückte schnell näher, und ich verbrachte mit ihm so viel Zeit wie möglich am Strand und bei Pradesh.

Kein Wunder, dass ich oft von Touristen angesprochen wurde. *Is this your dog? Wow, he is so cute! Will you take him home with you?* Ich erklärte immer wieder dasselbe, wie gern ich das tun würde und dass es leider unmöglich sei, ihn mitzunehmen. Aber hier war ja sein Zuhause, und er hatte es bestimmt am Strand viel besser als in der Großstadt. Ich war mir nur nicht sicher, ob ich selbst glaubte, was ich da redete.

Mit John, einem Engländer, der seinen Ruhestand gerade mit einer Reise kreuz und quer durch Indien begann, saß ich bei Pradesh, und wir unterhielten uns über Hunde. Er erzählte mir davon, wie er sich vor Jahren in Nepal in einen Straßenhund verliebt hatte und damals beschloss, ihn mit nach Hause zu nehmen. John fütterte das Tier jeden Tag, aber kurz vor seiner

Abreise fand er den sterbenden Hund, nachdem ihn jemand offensichtlich vergiftet hatte. John vermutete dahinter Neid - denn er hatte für das Tier oft Fleischabfälle gekauft, die sich viele Menschen für sich selbst dort nicht leisten konnten. Eine schreckliche Geschichte.

John war der Meinung, ich sollte auf jeden Fall versuchen, meinen kleinen Freund nach Hamburg zu holen - er glaubte nicht, dass Hunde dort am Strand ein glückliches Leben haben würden. Ich erklärte ihm die Rechtslage - soweit ich sie verstand - und gemeinsam überlegten wir, wie ich es hinbekommen könnte. Vielleicht auf nicht ganz legalem Weg? Könnte ich ihn irgendwie in die EU schmuggeln? Auf einem Schiff? Mit dem Zug über die Türkei? Wie wir es auch drehten, es kam keine realistische Lösung dabei heraus. Zu groß war die Gefahr, dass man uns erwischen könnte - und wie man dann mit dem Hund umgehen würde, mochte ich mir gar nicht vorstellen.

Jetzt in den letzten Tagen meines Urlaubs ärgerte ich mich immer mehr über mich selbst, weil ich nicht schon am Ende der ersten Woche nach Möglichkeiten gesucht hatte. Hätte dann die Zeit vielleicht doch gereicht, etwas zu organisieren? Vielleicht. Wohl nicht.

An meinem letzten Abend in Varkala ging es mir richtig mies. In jedem Moment war mir bewusst, wie wenig Zeit uns noch blieb. Mein kleiner Freund war dagegen fröhlich und voller Zuneigung wie immer. Ich aß Pizza bei Pradesh und gab ihm das meiste davon, denn ich hatte absolut keinen Appetit. In der kurzen Zeit waren diese Abende so selbstverständlich geworden! Auch der Weg zum dunklen Strand, nachdem wir gegessen hatten. Nun saßen wir hier ein letztes Mal zusammen. Der Kleine hatte heute mal keine Lust zu spielen - zu viel Pizza? - kuschelte sich lieber ganz eng an mich und schlief ein.

Ich hatte ihm sonst so gern dabei zugesehen, wie er im Schlaf zuckte und mit den Pfoten kickte - während er träumte, vielleicht von seinem Tag am Strand. Jetzt hielt ich es nicht mehr aus. Ich hatte zwar noch Zeit und hätte eine Weile bei ihm sein können, aber es drängte mich, lieber sofort zu gehen. Der Kleine schaute mich verschlafen an, als ich Anstalten machte aufzustehen. Ich umarmte und drückte ihn noch einmal ganz fest an mich und flüsterte ihm ins Schlappohr *Hab ein langes und glückliches Leben, kleiner Freund!*

Ich stand dann schnell auf und ging in Richtung Straße, die zu meinem Guesthouse führte. Der Kleine sprang hinter mir her, und ich beschleunigte meinen Schritt, ohne mich noch einmal umzudrehen, denn ich wusste ja, dass er zurückbleiben würde, weil ihm die Straße nicht vertraut war. Ich wollte ihn so in Erinnerung behalten, wie wir uns eben am Strand verabschiedet hatten. Mir liefen die Tränen nur so herunter. Leute schauten mich irritiert an, aber das war mir gerade ziemlich schnuppe.

Als das Flugzeug noch vor dem Sonnenaufgang abhob und in geringer Höhe über die Küste flog, suchte ich mit den Augen nach Varkala und dem Strand, wo mein kleiner Hund jetzt noch irgendwo schlief.

Westjütland - Oktober 2013

Der Sturm hat inzwischen etwas nachgelassen. Draußen ist es schon stockdunkel, kein Mond, keine Beleuchtung. Eine Dunkelheit, die mir fremd ist, denn bei uns in der Stadt ist es vom Licht des Hafens oft so hell, dass man nachts beinahe Zeitung lesen könnte. In den Fenstern spiegelt sich nur das schwache Licht der Kerzen und meines Notebooks.

Es macht mich immer noch traurig, wenn ich an meine Rückreise aus Indien denke. Etwas in mir schrie damals unüberhörbar schrill *ES IST FALSCH! ICH KANN DEN HUND NICHT ZURÜCKLASSEN. ICH MUSS EINEN WEG FINDEN, IHN ZU HOLEN.* Aber gleichzeitig war es für mich resignierende Gewissheit, dass ich es nicht konnte und nicht tun würde.

Damals wusste ich noch nicht, wie gering die Überlebenschancen der Straßen- und Strandhunde in Südindien sind. Aber es sorgte mich und machte mich oft hilflos wütend, wie viele Inder mit den Hunden umgingen. Jeden Tag beobachtete ich, wie man die Tiere wegscheuchte, die die Nähe der Menschen und natürlich Futter suchten - oft, indem man Sand oder Steine oder Wasauchimmer nach ihnen warf. Wenn dies Kinder taten, wurden sie niemals von einem Erwachsenen zurechtgewiesen. Manchmal sah ich auch, wie jemand im Vorbeigehen ganz beiläufig mit einem Stock nach einem Hund schlug. Wohl nicht, um ihn zu verletzten, eher aus Langeweile und Geringschätzung. Einfach so.

Viele Menschen, die noch nie in Indien waren, haben die romantische Vorstellung, man würde dort generell mit Tieren gut umgehen - weil man ja so viele von ihnen als heilig anbetet. Es stimmt auch, dass Tiere im hinduistischen Glauben eine große Rolle spielen. Man verehrt unter anderem Ratten, Schlangen, Affen, Tiger und natürlich Kühe und Elefanten. Auch sind die meisten Inder Vegetarier, was ich sehr sympathisch finde. Nur bedeutet das leider überhaupt nicht, dass man im Alltag auch *respektvoll* mit Tieren umgeht. Wenn man beispielsweise sieht, wie heilige Elefanten den ganzen Tag vor den Tempeln stehen müssen, um Leute zu „segnen" und dafür mit dem Rüssel Geld zu kassieren, kann man das Grausen kriegen! Und oft habe ich mich gewundert, wenn ich in großen Städten wie Delhi oder Mumbai sah, wie man heilige Kühe auf der Straße schlug.

Ein Taxifahrer erklärte mir einmal, dass Inder eben sehr pragmatisch seien. Er habe als Freunde Christen, Muslims und Hindus, und hinter verschlossenen Türen würde durchaus Rind- und Schweinefleisch verzehrt - und jede Menge Alkohol.

Auch wenn es in wirklich *jedem* Städtchen eine *M.G. Rd (Mahatma Gandhi Road)* gibt, ist Gewaltfreiheit nicht unbedingt das prägende Merkmal der indischen Gesellschaft. Mein - natürlich subjektiver - Eindruck ist, dass man in der streng hierarchischen indischen Kastengesellschaft seinen Frust bedenkenlos an Kreaturen auslässt, die in der Hackordnung unter einem stehen. Und dass einem das Leid eines „Niedrigeren" ziemlich schnuppe ist. Ob im Zug ein Arzt, mit dessen sehr netter Familie ich mal ein Abteil geteilt habe, seine Füße gemütlich auf einem freien Sitz hatte, während sich auf dem Gang die Leute stapelten. Oder eine Dame im Bus partout die Rückenlehne für ihren kleinen Enkel vor mir herunterklappen musste, obwohl ich mit meinen fast zwei Metern sowieso kaum sitzen konnte. Ich habe dieses Land - so freundlich und hilfsbereit die Menschen sehr oft sind - auch als brutal und rücksichtslos erlebt. Und auch jemand, der sonst nicht viel zu melden hat, kann immer noch einen Hund treten…

Dass mein kleiner Freund - trotz seiner Freiheit - also nicht unbedingt ein langes und glückliches Leben führen würde, ahnte ich damals schon. Aber obwohl ich so oft davon träumte, wie großartig es wäre, ihn zu mir nach Hamburg zu holen - ich war vor meiner Abreise davon überzeugt, es sei schlicht *unmöglich*. Heute frage ich mich, warum ich damals so pessimistisch war - denn das ist mir sonst ziemlich fremd.

Den Satz *Das geht doch sowieso nicht!* höre ich oft von Menschen, die in meine Coachingpraxis kommen, weil sie sich beruflich verändern wollen. Einerseits sehnen sie sich nach frischem Wind und Veränderung. Aber wenn ich sie auf ihre Wünsche anspreche und es genauer wissen will, drehen sie sich um 180 Grad und sprechen nur noch davon, was ihnen alles im Weg steht. *Das kann ich doch unmöglich tun!* Dahinter stehen meistens Angst und viel zu wenig Zutrauen in die eigenen Fähigkeiten und Chancen. Aber das merken viele Menschen nicht, sondern sind davon überzeugt, dass sie ihre Möglichkeiten „realistisch" sehen!

Obwohl ich also viel über *mentale Blockaden* weiß und schreibe - als ich Anfang Januar ins Flugzeug nach Hause stieg, sah es in mir genauso aus: *keine Chance!*

Hamburg - Januar 2013

Ich fühlte mich elend wie schon sehr lange nicht mehr. Null Vorfreude auf Hamburg, Freunde oder meinen Kater. Ich ließ die ganze Reise-Maschinerie einfach über mich ergehen, bis mich das Taxi vor meiner Wohnungstür absetzte. Es war elend kalt, mehr als dreißig Grad kälter als eben noch in Indien, und meine Wohnung war ausgekühlt und roch muffig nach Abwesenheit. Wie grau und dunkel Hamburg im Winter doch ist! Und ich hatte die Geräusche und Gerüche Indiens noch in Ohr und Nase. Meine Erinnerungen an Varkala erschienen mir viel realer als diese Umgebung - als würde ich gleich aufwachen und wäre wieder bei meinem kleinen Freund - schlimmer Traum…

Aber leider war es kein Traum. Bevor ich meinen Rucksack auspackte, lud ich meine Urlaubsfotos auf den Rechner. Auf fast jedem zweiten war mein indischer Hund zu sehen. Obwohl ich sonst sehr selten weine, kamen mir jetzt die Tränen.

Menschen riefen mich fröhlich an und freuten sich, dass ich zurück war. Die üblichen Fragen nach dem Urlaub, ob ich mich gut erholt, ob mein Buch Fortschritte gemacht habe - *frohe Weihnachten und gutes neues Jahr nachträglich.* Man meinte es freundlich und gut - aber ich wollte nur in Ruhe gelassen werden. Nichts hier in Hamburg interessierte mich. Ein paar Stunden schwelgte ich in Melancholie und Selbstmitleid.

Aber schon am Abend nach meiner Ankunft fing ich wieder an, im Internet herumzuschauen. Ich las noch einmal die Einreiseregeln. Für Hund/Katze/Frettchen. Und ich stieß auf die Berichte von Menschen, die Ähnliches schon geschafft hatten - zwar nicht mit Hunden aus Indien, aber aus Ländern, für die dieselben Regeln gelten. Trotz Jetlag bohrte ich mich bis spät in die Nacht hartnäckig immer weiter in die Materie. Mein Hund - wenn er denn jemals *mein* Hund sein würde - müsste von einem zugelassenen Tierarzt geimpft werden und dann einen Monat warten, bis ihm Blut abgenommen werden könnte. Ich suchte nach einem Tierarzt in der Umgebung von Varkala - ohne Erfolg. Nicht einmal in der größeren Stadt Trivandrum wurde Google fündig. Ich schrieb an meine Freundin Anna, die noch in Varkala war, und Beate vom Guesthouse, in dem ich gewohnt hatte. Kannte jemand jemanden in Varkala, wo der Kleine erst einmal bleiben könnte? Denn am Strand würde ich ihn auf keinen Fall so lange lassen. Zu viel könnte ihm dort passieren.

Einerseits gab ich richtig Gas, aber - wie gesagt - gleichzeitig war etwas in mir davon überzeugt, dass alles sowieso nur eine schöne Idee bleiben würde. In mein Tagebuch schrieb ich damals, dass die Geschichte ja zu Ende sein würde, sobald ich aufhörte zu recherchieren. Also machte ich weiter.

Ich war eben auch schon immer ein ausgesprochener Dickkopf und hatte mich selten von etwas abhalten lassen, von dem ich wirklich überzeugt war. Allerdings ging es ja nicht darum, irgendein Projekt durchzuziehen, koste es, was es wolle.

Dass es mich einen Haufen Geld kosten würde, machte mir am wenigsten Sorge. Ich war mir nur nicht sicher, ob ich meinen eigenen Motiven trauen konnte. Redete ich mir vielleicht nur ein, die arme Hundeseele retten zu wollen - war es in Wirklichkeit eher ein Egotrip? Ging ich gerade meinem Helfersyndrom auf den Leim, das bekanntlich eine Berufskrankheit von Psychologen ist? G*ut gemeint* ist ja meistens das Gegenteil von *gut*!

Schließlich war der Strand seit seiner Geburt das Zuhause meines kleinen Freundes. Dort lebte sein Rudel, und er schien ein glückliches Leben zu führen. Klar, es würde wohl kürzer und weniger gesund verlaufen als das eines Hundes in Hamburg. Aber wäre es nicht eine Gemeinheit, ihn in die Großstadt zu holen (die mir ja gerade in diesen Wintertagen auf die Seele drückte)? Weg von den vertrauten Hunden? So sehr ich meine Heimatstadt liebe, käme er hier überhaupt zurecht? In manchen Momenten dachte ich, was für eine Anmaßung es doch sei, so eine Entscheidung über ein anderes Lebewesen zu treffen, als wäre ich der liebe Gott! Es wäre etwas anderes, einen Hund aus dem Tierheim zu adoptieren. Aber ihn einfach aus Varkala wegzuholen?

Das Blatt wendete sich für mich, als ich im Internet auf die Seite einer privaten Initiative stieß:

***Animal Rescue Kerala* (ARK)**

ist eine Einrichtung in der Nähe von Trivandrum, die Straßenhunde aufnimmt, medizinisch versorgt und vermittelt. Die Britin Avis Lyons hat sie 2002 gegründet, nachdem sie zwei Jahre zuvor mit ihrer Tochter Odette in Kerala Urlaub machte und erlebte, wie erbärmlich das Leben der Strandhunde dort war. Sie mietete ein Gebäude, das einmal ein Krankenhaus war, und richtete ein Tierheim ein. Heute umfasst die Einrichtung eine eigene Klinik, 60 Zwinger, ein Haus für Welpen und ein Fortbildungszentrum.

Was ich über Avis Lyons Arbeit las, klang großartig und bewundernswert! Und sofort keimte Hoffnung in mir auf: Wenn der Kleine dort bleiben könnte, bis ich ihn abhole, wären die meisten Probleme mit einem Schlag gelöst. Gleichzeitig schockierten mich die Geschichten und Bilder von Straßenhunden. Die Regierung ließ die Tiere anscheinend systematisch umbringen. Ich stieß auf Fotos, die kaum zu ertragen waren. Eins zeigte mehrere Hundeleichen, die jemand auf sein Motorrad gebunden hatte. Würde dasselbe nicht auch in Varkala geschehen? Müsste es dort nicht viel mehr Hunde geben, wenn man sie am Leben ließe? Mir war ja dort schon aufgefallen, dass es keine älteren Hunde gab. Die Vorstellung verfolgte mich jetzt, dass mein kleiner Freund so enden könnte wie die Hunde auf den Bildern.

Ganz anders klang, was Beate vom Guesthouse mir schrieb. Sie meinte, dass es den Hunden in Varkala doch sehr gut ginge, und erzählte mir, dass sie den Kleinen manchmal am Strand sehe, ihr Sohn ihn gerade heute gefüttert habe. Und er habe so glücklich gewirkt. Ich solle doch bitte meinen Plan fallen lassen, denn ich täte dem Hund ganz bestimmt keinen Gefallen! Außerdem haben ihr Einheimische versichert, dass die Hunde im Sommer in den Restaurants gefüttert werden.

In den folgenden Tagen kämpften in meinem Herzen zwei Seelen heftig gegeneinander - mal hatte die eine Seite die Überhand, mal die andere. Vielleicht lag Beate ja richtig, und es wäre ganz falsch, den Kleinen zu holen? Aber was ich auf verschiedenen Websites immer wieder sah und las, schien mir nicht erfunden oder aufgebauscht zu sein.

Natürlich schrieb ich an das ARK in Trivandrum, erzählte meine Geschichte und fragte, ob sie meinen Hund für vier Monate unterbringen könnten - selbstverständlich gegen Bezahlung. Ich bekam auch schnell eine sehr freundliche Antwort: Odette, Avis Tochter, fand meinen Plan ganz toll und ermutigte mich, alles dafür zu tun, den Kleinen zu mir nach Deutschland zu holen. Sie bestätigte noch einmal die Tötungen. Aber leider konnte sie mir nicht anbieten, den Kleinen in ihrem Heim wohnen zu lassen. Dort habe man überhaupt keinen freien Raum, und man müsse sich um die Hunde kümmern, die auf der Straße keine Chance mehr haben. Außerdem schrieb Odette, dass sie früher Touristen so einen Gefallen getan und Hunde aufgenommen hatten - und dann wurden sie nicht abgeholt wie versprochen. So leid es ihr täte, sie könne mir wirklich nicht helfen.

Obwohl ich Odette verstehen konnte, gab ich mir doch die größte Mühe, sie umzustimmen, denn ich war mir sicher, dass mein Hund dort sehr gut aufgehoben wäre. Ich bot ihr an, in Hamburg Spenden für das ARK zu sammeln, und versicherte ihr, dass ich den Hund auf jeden Fall auch abholen würde. Aber leider blieb sie bei ihrem Nein.

Nachdem sie mir schon alles Gute gewünscht und sich verabschiedet hatte, kam kurze Zeit später noch eine weitere Mail von Odette: Sie hatte gerade einen Fernsehbeitrag gesehen über ein Tierhospital in Cochin. Das habe auf sie einen sehr guten Eindruck gemacht - ich solle es doch dort einmal versuchen.

just do it!

Die Website des *Cochin Pet Hospital* machte auf mich einen ziemlich professionellen Eindruck. Deren Angebot war erstaunlich umfangreich - von *Wellness* und *Beauty Care* über Hundetraining bis zur modernen Klinik mit eigenem Labor. Und ein *Boarding Home* für Hunde gab es dort auch!

Ich schrieb sofort eine Mail, erklärte mein Anliegen und wartete sehr gespannt auf die Antwort - die auch nach Tagen *nicht* eintraf. Da ich keine Alternative gefunden hatte, blieb mir nichts anderes übrig, als dort anzurufen. Allerdings nur extrem ungern. Denn so sehr ich es schätze, mit Indern zu plauschen, habe ich dabei oft ein kleines Problem: Fast alle Inder, die ich bisher traf, sprechen Englisch mit einem sehr speziellen Akzent, den ich nur schwer verstehe. Und am Telefon ist es noch viel schwieriger, sodass ich manchmal nicht einmal heraushören kann, ob mein Gegenüber überhaupt gerade Englisch spricht oder Hindi oder Kisuaheli.

Glücklicherweise bekam ich sofort Dr. Sooraj, den Arzt des Hospitals, an die Strippe. Sein Englisch war für mich gut verständlich, und er war sehr nett. Ja, er habe meine Mail gelesen (befand es aber wohl nicht notwendig zu antworten?) und erklärte sich gern bereit, meinen Hund zu impfen und für vier Monate zu beherbergen. *No problem!* Er beschrieb sein Boarding Home in den schönsten Farben. Auf meine Frage, wie die Hunde denn untergebracht seien, erläuterte er mir, sie würden den ganzen Tag in einem großen Gehege miteinander verbringen können und nur nachts in „Einzelzimmer" umziehen müssen. Das klang großartig, und ich sagte ihm, dass ich mich bald entscheiden und melden würde.

Damit war das Problem der Unterbringung, Impfung und medizinischen Versorgung im Prinzip gelöst. Jetzt hing alles davon ab, ob ich einen Weg fand, die Blutprobe meines Hundes nach Deutschland transportiert zu bekommen. Erst versuchte ich es bei Kurierdiensten - aber man lehnte die Beförderung von Blut generell ab.

Aber glücklicherweise gab es eine andere Lösung: Meine Freundin Agnes hatte nämlich ohnehin vor, in Kerala Urlaub zu machen und von Cochin nach Hause zu fliegen! Als ich sie fragte, ob sie ein bisschen Blut aus Cochin mit nach Hause nehmen könne, klang sie erst nicht gerade begeistert. Sie vermutete wohl trotz meiner Erklärungen, dass es nicht ganz legal sei und sie bei der Ausreise Ärger bekäme. Das konnte ich gut verstehen - mit den indischen Behörden würde ich mich auch nur sehr ungern anlegen. Deshalb wäre mir der Weg über Kurierdienste lieber gewesen - aber dann gab sie mir doch ihr Okay.

Schließlich war ihr bewusst, dass mein Vorhaben mehr oder weniger von ihr abhing.

Damit stand jetzt - schon einige Tage nach meiner Abreise aus Indien - tatsächlich ein Plan, der funktionieren könnte! Allerdings zögerte ich, den Startknopf zu drücken. Es fehlte noch etwas.

Natürlich sprach ich mit meinen Freunden und meiner Familie über kaum etwas anderes. Mehr als jemals zuvor in meinem Leben brauchte ich Rat und mentale Unterstützung. Vor jedem breitete ich meine Gedanken und Befürchtungen aus. Ganz sicher hatte ich mir selten etwas so sehr gewünscht wie diesen kleinen verflohten indischen Strandhund zu meinem Lebensbegleiter.

Die Resonanz war unerwartet ermutigend: Fast jeder meiner Menschen verstand meine Gefühle und Ängste! Und von den meisten hörte ich, dass die Idee natürlich vollkommen verrückt sei - aber trotzdem sehr schön und irgendwie richtig. Nur wenige Menschen konnten nicht nachempfinden, warum ich unbedingt *diesen* Hund von so weit her holen wollte. Sie fragten mich, warum es nicht auch ein Tier aus dem Hamburger Tierheim sein könne - das wäre doch so viel einfacher. Als ob Liebe so austauschbar wäre…

Besonders rührte mich die Unterstützung meiner Mutter. Als hätte sie etwas geahnt, hatte sie mir schon für meinen Weihnachtsurlaub ein Geschenkpaket mitgegeben, in dem unter anderem ein Büchlein war mit dem Titel *Just do it!* Das lag jetzt auf meinem Wohnzimmertisch und rief mir ständig genau das zu:

JUST DO IT!

Ich war - ehrlich gesagt - ein bisschen überrascht, dass meine Mutter gar nicht versuchte, mir meine doch nicht gerade *vernünftige* Idee auszureden. In solchen besonderen Situationen lernt man Menschen wirklich besser kennen. Denn anstatt über die Kosten zu sprechen und die Verantwortung, die ein Hund ja bedeutet, meinte sie nur: *„Du musst es wohl tun, wenn Dein Herz es so sehr will!"*

Einfach großartig, so eine Mutter zu haben! Und Freunde, die mich ermutigten, der wohl ungewöhnlichsten Idee meines Lebens unbedingt zu folgen - weil ich es sonst ganz sicher bereuen würde. *„Du bist ein so vernünftiger Mensch, machst meistens vernünftige Sachen - Du kannst ruhig auch mal etwas Verrücktes tun."* Fand ich auch. Mindestens (!) einmal im Leben.

Aber als Hauptmotiv wäre das wohl ziemlich armselig gewesen. Wer *mal etwas Verrücktes tun will,* kann ja Bungee-Jumping machen oder sich die Haare bunt färben lassen. Denn was mich damals noch einige Tage zögern ließ, war die Frage, ob mein Vorhaben auch für meinen kleinen Freund wirklich so eine gute Idee sei. Klar, er sollte ein langes und glückliches Leben haben - aber ich wollte mich keinesfalls als Retter aufspielen. Wäre es mir aber um maximale Seelenrettung gegangen, hätte ich das Geld, das mich das ganze Projekt kosten würde, besser an das ARK gespendet.

Wenn ich an meinen kleinen Freund dachte, sah ich ihn mit seinen Kumpels über den Strand tollen. Er hatte dort ein freies Leben in seinem Rudel. Könnte es nicht ein schlechter Deal für ihn sein, dies für ein längeres und sicheres Leben aufzugeben?

Wir Deutschen sind ja bis zum Gehtnichtmehr abgesichert - aber in Untersuchungen darüber, wie glücklich Menschen sich fühlen, schneiden andere, oft viel ärmere Länder deutlich besser als wir ab. Weltmeister im Glücklichsein sind wir nun wirklich nicht. Könnte den kleinen Hund ein kurzes Leben in Freiheit nicht glücklicher machen?

Die entscheidende Antwort auf diese Frage bekam ich von Isabel, die sich schon lange für Hunde aus Südeuropa einsetzt und mit spanischen Tierschutzorganisationen zusammenarbeitet. Eine Freundin hatte mir geraten, sie um eine Einschätzung zu bitten. Vor dem Anruf bei ihr hatte ich richtig kalte Füße. Denn ich befürchtete, sie würde mir sagen, ich solle mich doch lieber hier um einen Hund aus dem Tierheim kümmern und nicht indische Strände abräumen. Würde sie meinen Traum damit zum Platzen bringen?

Ganz im Gegenteil: Isabel meinte, dass ein Hund immer den Kontakt zu einem Menschen braucht und sucht. Andere Hunde seien kein echtes Rudel für ihn und könnten die Beziehung zu einem Menschen nicht ersetzen. Ihr gefiel meine Geschichte, und sie konnte mich gut verstehen. *Hol ihn zu Dir, Du tust ihm damit einen Riesengefallen. Er wird es Dir danken!*

Es stimmte: Wenn ich mit dem Kleinen am Strand unterwegs war, lag seine ganze Aufmerksamkeit bei mir - nicht bei den anderen Hunden. Die ließ er eher links liegen, obwohl wir uns noch gar nicht lange kannten. Und ich hatte den Eindruck, er hätte mich liebend gern ins Hotel begleitet, wenn ich ihn dazu aufgefordert hätte. Womöglich hatte sich mein kleiner Freund damals schon für mich entschieden - während ich noch zweifelte und das Ganze für einen Urlaubsflirt hielt?

Das Gespräch mit Isabel war der letzte Anstoß, den ich noch brauchte. Nachdem ich lange recherchiert, überlegt und mit vielen Menschen gesprochen hatte, fiel meine Entscheidung ganz von allein. Nur zehn Tage nach meiner Rückkehr aus Indien wusste ich jetzt, was ich zu tun hatte.

Westjütland - Oktober 2013

Später meinten immer wieder Leute, wie mutig sie meine Entscheidung fänden. Aber ohne dass ich zu allzu großer Bescheidenheit neige - ich fühlte mich damals alles andere als mutig. Und meine Entscheidung fällte sich wie von allein.

Steht jemand zwischen zwei gleichwertigen Alternativen, braucht es sicherlich Mut, sich für A oder B zu entscheiden. Aber liegt vor ihm ein breiter Weg, von dem er weiß, dass er der richtige ist, benötigt er doch nur einen kleinen Stoß, etwas Überwindung. Weil man tief im Herzen spürt, dass es falsch und verhängnisvoll wäre, diesen Weg *nicht* zu gehen.

Dadurch, dass ich Jacob kennen gelernt hatte, weil ich jetzt wusste, dass es ihn gab, hatte sich mein Leben schon verändert. Selbst wenn ich ihn nicht zu mir geholt hätte - mein Leben wäre ein anderes geworden, ohne dass sich *faktisch* etwas verändert hätte. Man kann es Schicksal nennen oder Fügung oder einfach nur Zufall, aber wenn plötzlich ein Wesen, eine Idee oder ein Traum in unser Leben tritt, ist es schlagartig ein anderes. Wir können es natürlich ignorieren und so tun, als sei nichts geschehen - als sei alles noch, wie es immer war. Aber das wäre dumm und eine Illusion. Man bekommt den Geist eben niemals zurück in die Flasche. Das einzig Vernünftige, was uns dann bleibt, ist, nicht zu versuchen, auf Teufel komm heraus gegen die Strömung zu schwimmen. Sondern zu tun, was wir offensichtlich tun müssen.

Nicht dass ich glaube, dass es dann immer gut geht und am Ende alles schön ist. Das wäre Hollywood, nicht das Leben. Klar, es kann schiefgehen. Mir war damals durchaus bewusst, wie viele Stolpersteine auf Jacobs Weg nach Hamburg lagen.

Und vor denen hatte ich auch Respekt. Aber sie konnten mich nicht davon abbringen, den ersten Schritt auf diesem Weg zu tun.

Glücklicherweise hatte ich früher schon einiges über diese Lektion gelernt - wenn auch auf sehr schlimme Weise. Vor Jahren hatte ich einen sehr nahen Menschen begleitet von der Diagnose „unheilbar" bis zu seinem Tod. Wir hatten gewusst, wie viele schwere Entscheidungen auf diesem Weg auf uns beide zukommen würden, und ich hatte große Angst davor. Aber so schrecklich vieles auch war - alle wichtigen Entscheidungen erwiesen sich als nicht so schwierig wie erwartet. Denn wenn es so weit war, sie zu treffen, wussten wir, was wir zu tun hatten.

Durch diese Erfahrung habe ich gelernt, darauf zu vertrauen, dass sich Prozesse auf ihre eigene Weise entwickeln und abschließen. Dann braucht es oft nur noch ein *Okay*. Nicht, dass ich denke, man solle sich besser nie aktiv entscheiden. Und dies mag auch nicht für alle großen Fragen gelten - so viel weiß ich nicht über das Leben. Ich kann nur für mich selbst sagen, dass ich seitdem ein paar Mal an solchen Punkten stand, erst Angst hatte - und sich dann auch schwere Entscheidungen leicht treffen ließen.

Die meisten veränderungswillige Menschen, die in meine Coachingpraxis kommen, haben anfangs kalte Füße, wenn es darum geht, in welche Richtung sie gehen wollen. Mancher meint, es sei ihm unmöglich, dies zu entscheiden. Aber wenn man sich lange und intensiv genug mit seinen Optionen und Wünschen beschäftigt, kommt bei fast jedem irgendwann der Punkt, an dem er die Gewissheit spürt, was er tun will und muss.

So ging es mir also auch im Januar 2013. Ich wusste, dass ich versuchen musste, Jacob zu mir nach Hamburg zu holen. Auch wenn damit nicht alle Zweifel gestoppt waren, die vor allem nachts über mich kamen, wenn ich nicht schlafen konnte und grübelte. Und mein Respekt vor dem, was vor uns lag, wurde nicht kleiner - ganz im Gegenteil. Denn es wurde ja jetzt konkret.

Eine gute Freundin meinte, ich müsse *selbstverständlich* nach Varkala fliegen und den Kleinen treffen. Sollte er, aus welchen Gründen auch immer, nicht mehr dort sein oder würden sich die Dinge anders entwickeln - ich könne dann nach Hause fahren, hätte Geld in den Sand gesetzt, aber es zumindest versucht. *Versuchen musst du es!* sagte sie.

Hamburg - Januar 2013

Es stand fest, dass Agnes am 26. Februar von Cochin nach Hause fliegen würde - den Flug hatte sie schon vor Monaten gebucht. Also musste mein kleiner Freund spätestens am 25. Januar geimpft werden, damit sein Körper vier Wochen Zeit hatte, um ausreichend Antikörper zu entwickeln. Und das bedeutete, dass ich bereits in einer Woche im Flugzeug nach Indien sitzen musste! Es blieb also herzlich wenig Zeit für die Vorbereitungen.

Mein Visum vom Dezember war zwar noch gültig, sah aber nur einen *single entry* vor. Ich durfte damit also kein zweites Mal einreisen. Würde man das einfach ändern können innerhalb einer Woche? Oder arbeitete man im Hamburger Konsulat eher nach den Prinzipien der indischen Bürokratie? Dann konnte ich die Sache ganz sicher vergessen! Und war man überhaupt interessiert daran, mir zu helfen? Als ich am Montagmorgen dort anrief, hatte ich eine unglaublich nette Dame an der Strippe, der ich die Geschichte kurz erzählte - und die ich damit sofort auf meiner Seite hatte.

Ich solle sofort in die Visumstelle kommen. Verändern könne man ein Visum zwar nicht, aber mir ein neues mit *multiple entry* ausstellen, das so lange gültig sein würde, dass ich den Kleinen damit noch im Mai holen könne. Mein Antrag bekam einen Aufkleber mit *URGENT!* und wurde sofort per Kurier zum Konsulat gebracht. Ob es bis Freitag aber klappen würde, wenn ich doch am Samstag in den Flieger steigen wolle? Wahrscheinlich schon - aber versprechen könne man es mir nicht.

Eine richtig blöde Situation. Bis Freitag warten und erst dann Flüge und Hotel buchen und uns bei Dr. Sooraj anmelden? Dazu war ich nicht cool genug. Also setzte ich darauf, dass es schon irgendwie klappen würde, erledigte alle Buchungen und sagte meine Termine für die folgende Woche ab. Zögern und abwarten - das war jetzt keine Option mehr, weil ich spürte, dass dies einer der Momente im Leben war, in denen es nur noch nach vorn gehen kann. Wie selten zuvor spürte ich ein großes Vertrauen, dass alles gut werden würde.

Woher das kam? Keine Ahnung. Noch nie hatte ich so sehr das Gefühl, vom Schicksal Rückenwind zu bekommen. Als wolle es sagen: *Junge, mach Dir keinen Kopf, just do it!* Das Visum, das ich am Montag beantragt hatte, war am Mittwoch da.

Jetzt konnte ich übrigens auch eine andere, kleinere Entscheidung endlich treffen: Solange für mich nicht festgestanden hatte, dass wir ein Team werden würden, wollte ich meinem kleinen Freund ja keinen Namen geben. Dabei war mir schon in Varkala ein Name für ihn in den Sinn gekommen, der perfekt zu ihm passte:

Wärst Du mein Hund - ich würde Dich „Jacob" taufen.

Varkala

Ich war tatsächlich schon wieder in Varkala! Nachdem ich mich hier vor gut zwei Wochen von meinem kleinen Freund „für immer" verabschiedet hatte, stand ich jetzt erneut mit kleinem Gepäck vor dem Eingang meines so vertrauten Guesthouses. Auch wenn es schräg klingt - ich fühlte mich, als würde ich etwas Verbotenes tun. *Man kommt nicht einfach nach so kurzer Zeit zurück an seinen Urlaubsort.* Vor allem so ganz ohne das Gefühl, im Urlaub zu sein.

Egal. Dort am Strand war *mein* Hund jetzt irgendwo! Hoffentlich. Mir ging kurz Beates letzte Mail durch den Kopf mit der Nachricht, dass sie Jacob eine Weile nicht mehr gesehen habe. Allerdings hatte sie auch nicht wirklich nach ihm gesucht. Ich war mir der Möglichkeit bewusst, dass er - warum auch immer - nicht mehr hier sein und dass ich zu spät sein könnte. Dann hätte ich jetzt ein paar weitere Urlaubstage in Varkala, die ich ganz bestimmt kaum genießen könnte. Aber das war jetzt natürlich ein ziemlich blöder Gedanke.

Den Gang zum Strand verschob ich jetzt noch ein bisschen, ging lieber zuerst zum Empfangstresen des Guesthouses und fragte nach einem Zimmer. Auf meine Mails hatte ich keine Antwort bekommen. Wohl weil ich meine Pläne erwähnt und nach einem Zimmer mit Terrasse gefragt hatte - für meinen Hund und mich. Da Inder ungern eine Bitte ablehnen - das gilt als unhöflich - hatte man wohl lieber gar nicht geantwortet. Jedenfalls reimte ich es mir so zusammen. Jetzt war ich trotzdem hier und trug meinen Wunsch persönlich vor - wohl wissend, dass man einen Strandhund bestimmt nicht mit Begeisterung aufnehmen würde. Der Portier wirkte etwas verlegen und verschwand in einem Büro, wo er sich wohl Anweisung holte. Aber dann kam er lächelnd zurück - *no problem!* Man hatte tatsächlich ein Zimmer zum Garten für mich in einem etwas abgelegenen Gebäude, was mir nur recht war. Aber es würde noch einen Moment dauern, bis ich es beziehen könne.

Also kam jetzt der Moment der Wahrheit, den ich etwas fürchtete - und dem ich gleichzeitig entgegenfieberte wie ein Kind Heiligabend. Ich holte mir nur die Flipflops aus dem Rucksack und marschierte in Richtung Strand. Der Weg führte vorbei an meinem Lieblingsrestaurant, vor dem Pradesh auf einem Plastikstuhl saß, so wie ich ihn kannte - in seinem etwas zu weiten Hemd, verträumt in die Welt schauend. Jetzt aber starrte er mich an, als sei ich ein Alien, das gerade aus seinem Raumschiff stieg.

An dieses Treffen hatte ich schon zu Hause gedacht und mich gefragt, wie er wohl auf meinen Plan reagieren würde. Fände er es gut, dass ich Jacob wegbringen wollte? Oder würde er das völlig daneben finden? Schließlich war er mit dem Kleinen ja schon viel länger als ich befreundet. Und jetzt kam der reiche Wessi und bildete sich ein, ihn einfach mitnehmen zu dürfen?

Pradesh fand seine Fassung schnell wieder und umarmte mich. *Ich bin hier, weil ich den kleinen Hund zu mir nach Deutschland holen will.* Erst meinte er wohl, mich falsch verstanden zu haben. *Du warst in Deutschland und bist jetzt extra wieder hergekommen? Nur für den Hund? Really?* Als ich das bestätigte, strahlte er mich an und meinte, dass er es *wonderful* fände! *He's such a great dog!* Er sei ein so toller Hund, er habe es wirklich verdient, ein besseres Leben zu führen. Ja, er freute sich wirklich sehr für den Kleinen und für mich. Und er umarmte mich gleich noch einmal.

Dann ist Jacob also noch da, hier am Strand? Und ist er okay? fragte ich zögerlich. Pradesh grinste und zeigte auf einen leeren Liegestuhl, der etwas abseits unter einem Schirm stand. Dort habe er ihn vorhin gesehen.

Wiedersehen

Ich war jetzt *sehr, sehr, sehr* aufgeregt, als ich mich dem zerfledderten, von der Sonne ausgeblichenen Sonnenschirm langsam näherte. Und tatsächlich, unter dem auch nicht mehr neuen Liegestuhl aus Plastik schaute ein dünner, weißer Hundeschwanz heraus. Und der gehörte meinem Hund! *Hey, kleiner*

Freund, rief ich ihn leise und kniete mich in den Sand davor. Verschlafen langsam schob sich eine vertraute weiß-braune Schnauze hervor. Zwei große dunkle Augen blickten mich unter einer Hundestirn an, die sich in kleine Falten legte, als würde er angestrengt darüber grübeln, wer dieser Typ vor ihm wohl sei.

Ich hatte eigentlich temperamentvollere Freudenausbrüche erwartet. Aber Jacob (der ja noch nicht wusste, dass er jetzt Jacob hieß) ließ sich Zeit, träge aus seiner Schlafhöhle zu mir zu kommen. Sanft mit dem Schwanz wedelnd, schnüffelte er an meiner Hand und legte dann seinen Kopf auf meinen Beinen ab. Er ließ sich eine Weile von mir streicheln und drehte sich dann gemächlich auf den Rücken, um sich am Bauch kraulen zu lassen - das mochte er am liebsten.

Und so saßen wir hier zusammen unter dem Sonnenschirm in Varkala, ganz selbstverständlich, als wäre ich nie fort gewesen. Anscheinend keine große Sache… für Jacob. Aber für mich wohl einer der glücklichsten Momente meines Lebens! Nach so viel Hin und Her, Zweifeln und Befürchtungen war jetzt alles ganz einfach. Wahrscheinlich hatte Jacob mit seiner Selbstverständlichkeit Recht - es war eben alles so, wie es sein sollte.

Erst nach einer Weile bemerkte ich das ältere Paar unter dem Nachbarschirm, das uns offensichtlich mit großer Freude beobachtete. *Is he your dog? You are such a nice couple!* meinte der Mann mit unüberhörbar italienischem Akzent. Ja, ich konnte jetzt zum ersten Mal sagen, dass er tatsächlich *mein Hund* sei. Seit ein paar Minuten. Und ich erzählte ihnen die Kurzversion unserer Geschichte und dass ich für diesen kleinen Kerl gerade angereist war und ihn übermorgen mitnehmen würde.

Die beiden waren selbst große Hundefreunde und meinten, ich würde genau das Richtige tun. Vor allem, weil die Strandhunde in Varkala alle zwei Jahre von den Behörden gefangen und getötet werden. Das passte zu den Horrorgeschichten, die ich im Netz gefunden hatte. Einerseits war es schön, dass ich Jacob dieses grausame Schicksal ersparen konnte. Aber wie schrecklich für die vielen anderen so freundlichen Hunde hier! Jacobs Kumpeln drohte ein grausames Schicksal. Im Moment war in meinem Kopf allerdings kein Platz für düstere Gedanken, und ich freute mich gemeinsam mit Jacob und den beiden freundlichen Menschen.

Nach einer Weile hielt ich die Mittagshitze aber nicht mehr aus und sehnte mich nach einer Dusche. Eigentlich hatte ich mir überlegt, Jacob später ganz vorsichtig mit vielen Leckerlis in Richtung Guesthouse zu locken, für ihn ja fremdes Territorium. Als ich aber jetzt aufstand, tat Jacob das auch.

Willst Du etwa schon mitkommen? Du kannst doch hierbleiben, und ich komme später zurück. Aber Jacob wollte das offensichtlich nicht. Er ging ganz nah neben mir bis zur Straße am Ende des Strandes und schaute dabei immer wieder zu mir hoch, als wollte er mir sagen *Ich komme mit Dir - das ist doch okay, oder?* Hier war er früher immer zurückgeblieben und hatte mir traurig hinterhergeschaut.

Jetzt zögerte Jacob nicht einmal, sondern ging weiter neben mir her - als sei er entschlossen, dass es *jetzt* anders laufen müsse! Er spürte wohl, dass sich etwas verändert hatte und sein Platz an meiner Seite war. Allein zurückbleiben wollte er nicht mehr.

Mit stoischer Entschlossenheit lief er die Straße entlang durch Menschengewimmel und vorbei an Taxis und Tuk-Tuks. Jacob war offensichtlich nicht ganz wohl dabei, aber er machte keine Anstalten umzudrehen. Unseren Weg gingen wir also ab sofort gemeinsam. Ich hatte kapiert.

Der schmale Pfad durch einen Garten bis zum Guesthouse zwischen einem Graben und wuchherndem Riesenunkraut machte Jacob offensichtlich Angst. Er blieb ganz dicht hinter mir und schaute sich immer wieder hektisch um, bis wir mein - unser - Zimmer erreichten. Dort stand schon mein Rucksack, und darin war ein Napf und das mitgebrachte Hundefutter - wohl das erste im Leben meines kleinen Freundes. Erst sah er es sich skeptisch an, näherte sich nur langsam und schnüffelte daran. Dann fraß er gierig, als drohe die Gefahr, ich könne es mir anders überlegen und es ihm wieder wegnehmen.

Später saßen wir zusammen auf den Stufen zum Garten. Ich frisch geduscht, Jacob wirkte satt und sehr zufrieden, rollte sich zwischen meinen Beinen zusammen und schlief sofort ein. Da waren wir also, mein Hund und ich. Ich war gerührt und unendlich glücklich, dass er sich so selbstverständlich entschieden hatte, mit mir zu kommen. Es war also nicht allein meine Entscheidung. Von nun an würde Jacob nicht mehr von meiner Seite weichen, bis wir Varkala verlassen. Der erste Schritt von vielen war geschafft.

Die zwei Tage am Meer, Jacobs letzte in seiner alten Heimat, waren wunderschön und gleichzeitig merkwürdig.

Zwar war alles vertraut - aber auch ganz anders als vor einigen Wochen im Dezember. Wieder saß ich plaudernd im Restaurant bei Pradesh, Jacob schlief unter dem Tisch oder schnupperte am Strand nach Essbarem. Der einzige Unterschied: Jetzt trug er ein leuchtend rotes Halsband, das zeigte, dass er kein Streuner mehr war. Und die Flöhe und Zecken waren aus seinem Fell verschwunden dank der Mittel, die meine Tierärztin mir mitgegeben hatte. Stundenlang lagen wir sonnenbeschirmt am Strand und dösten. Wenn ich badete, lag der wasserscheue Jacob auf meinem Handtuch und beobachtete mich die ganze Zeit sehr aufmerksam. Und wenn ich zurückkam, freute er sich, als sei ich Tage fort gewesen.

Wieder sprachen mich Touristen an, ob Jacob denn *mein* Hund sei. Aber jetzt konnte ich diese Frage bejahen und freute mich selbst über meine Antwort.

Ich genoss diese kurze Zeit, aber ich dachte auch mit Sorge an das, was vor uns lag. Jacob wusste ja nicht, was ich mit ihm vorhatte, und war so unbeschwert und fröhlich wie immer. Er hatte jetzt einen Menschen, zu dem er gehörte - das schien ihm sehr zu gefallen. Mir natürlich auch, nur war mir etwas mulmig bei dem Gedanken an die großen Veränderungen, die vor uns beiden lagen.

An unserem zweiten und letzten Tag in Varkala fiel mir auf, dass sich Jacob anders verhielt als vor ein paar Wochen im Dezember. Etwas in ihm hatte sich verändert. Er wirkte manchmal müde und energielos. Am Strand kam er nur zögernd hinterher, während er früher begeistert vor mir her gesprungen war. Er spielte nicht mit anderen Hunden, zeigte kein Interesse an seinen Kumpels. Einmal knurrte er sogar seinen besten Freund an, als der ihm zu nahe kam. Ich erklärte mir sein Verhalten mit der Veränderung, die in der Luft lag. Konnte es sein, dass er spürte, wie sein Leben gerade einen völlig neuen Weg einschlug?

Mir ging aber auch die Möglichkeit durch den Kopf, etwas könnte mit Jacob nicht okay sein. In mein Tagebuch schrieb ich damals von meiner Angst, er könne krank sein, vielleicht sogar zu krank, um geimpft zu werden. Dass dies nicht nur meiner Einbildung entsprang, würde sich leider bald herausstellen.

So lag ein Schatten über unserer kurzen Zeit im Paradies, das bisher Jacobs Zuhause war.

kotzend nach Cochin

Das Taxi hatte ich erst für 10 Uhr bestellt, denn ich wollte unbedingt noch ein letztes Mal in Ruhe bei Pradesh frühstücken. Jetzt stand mein Rucksack gepackt auf dem Stuhl neben mir. Mein Omelette aß ich eher lustlos, und mit Pradesh schwatzen mochte ich auch nicht. Der war schon hellwach und bester Laune und erzählte mir von neuen Ideen für seine Zukunft. Während ich ihm mit einem halben Ohr zuhörte, beobachtete ich, wie Jacob am Wasser schleppend seine Runden drehte - zum letzten Mal hier in Varkala.

Mir fiel auf, dass er sich heute weiter von mir entfernte als gewöhnlich. Manchmal verlor ich ihn ganz aus dem Blickfeld und wurde etwas nervös. Schließlich ging ich hinunter zum Strand und rief nach ihm. Ganz langsam kam er angetrabt und setzte sich zu mir. Können Hunde traurig sein? Wie er mich und den Strand mit seiner gerunzelten Stirn ansah und dann seinen Kopf schwer auf seinen Pfoten ablegte, wirkte er definitiv traurig. Dachte er vielleicht beim Anblick meines gepackten Rucksacks, dass ich ihn jetzt wieder verlasse?

Eine Weile hatten wir noch bis zur Abfahrt, und so saßen wir einfach nur da im Sand, schauten aufs Wasser und gingen unseren Gedanken nach.

Mit dem Taxifahrer Rajen hatte ich mich am Eingang des Guesthouses verabredet. Zum ersten Mal wollte Jacob jetzt nicht mit mir gehen, als wir am Ende des Strandes ankamen. Ich zog ihn an seiner Leine hinter mir her - bis er sich schließlich kurz vor unserem Ziel hinsetzte und sich weigerte, noch einen Schritt zu gehen. Er ahnte wohl wirklich, dass etwas in der Luft lag. Die letzten Meter musste ich ihn tragen.

Rajen hatte mir per SMS bestätigt, dass ich meinen Hund mitnehmen dürfe, was für indische Taxis keine Selbstverständlichkeit ist. Als wir jetzt vor ihm standen, machte er sich aber doch Sorgen um seinen neuen Wagen. Ich platzierte Jacob auf den Rücksitz - auf mein Handtuch, unter das ich zur Sicherheit eine Plastikplane legte. *Da kann nichts passieren, no problem*! versicherte ich Rajen und versuchte dabei, lässig und entspannt zu wirken. Der Kleine lag schicksalsergeben neben mir und rührte sich erst einmal nicht mehr.

Bis er eine halbe Stunde später das erste Mal kotzte. Sein Magen leerte sich explosionsartig und ohne Warnung. Wirklich verwundert war ich nicht, denn wir fuhren auf Straßen, die hauptsächlich aus Schlaglöchern bestanden. Die Stoßdämpfer waren fühlbar überfordert, und so schüttelte es uns hart hin und her. Mein Handtuch fing aber planmäßig alles auf, und nach kurzem Stopp konnte die Fahrt weitergehen. Für meine aufmunternden Worte und die bunte Welt, die draußen vorbeizog, hatte mein kleiner Freund null Interesse. Er lag nur regungslos da und starrte vor sich hin.

Ich hatte die Strecke vorher ausgedruckt und bot außerdem das GPS meines Handys zur Unterstützung an. Aber meine beiden Fahrer, Rajen und sein Bruder, meinten leicht überlegen grinsend, dass sie das keinesfalls bräuchten. *No problem!* Es war wohl eine Frage der Ehre, sich nichts vom ausländischen Fahrgast sagen zu lassen. Nachdem wir schon eine Weile gefahren waren, hielten sie aber an und wollten von mir die Telefonnummer unseres Ziels, des Cochin Pet Hospitals. Ich war etwas verwundert, dass sie anscheinend doch nicht so genau wussten, wohin wir überhaupt fuhren. Aber nach dem Telefonat war man offensichtlich zufrieden und hinreichend orientiert und fuhr weiter.

Die Straßen wurden nicht besser. Vier bis fünf - indische? - Stunden Fahrzeit standen auf dem Programm. Nachdem sich Jacob ein zweites Mal übergeben hatte, dieses Mal auch über Sitz und mich, hielten wir irgendwo in der Pampa. Während ich Jacob, Auto und mich so gut es ging säuberte, gab ich mir größte Mühe, Ruhe und Entschlossenheit auszustrahlen. Vor allem für meinen Hund, der wie ein Häufchen Elend völlig apathisch neben dem Wagen hockte. *Alles gar kein Problem. Kriegen wir hin!* Dabei spürte ich in mir ganz langsam Panik aufsteigen. Unsere Fahrer waren glücklicherweise nachsichtig, und ich beschloss schon mal, den vereinbarten Fahrpreis deutlich aufzustocken.

Jacobs Anblick zerriss mir das Herz. Eben noch an seinem vertrauten Strand, musste er über diese Pisten schaukeln. Zum ersten Mal überhaupt in einem Auto und dann gleich diese Tortur. Ich legte ihn jetzt in den Fußraum zwischen meine Beine und hielt und streichelte ihn die ganze Zeit. Langsam schien es ihm so besser zu gehen. Jedenfalls gab es kein weiteres Übergeben. Meine eingeschlafenen Gliedmaße und das Stechen im Rücken ignorierte ich so gut es ging.

Endlich in Cochin folgten wir lange der vierspurigen Einfallstraße. Als mein Handy zeigte, dass wir schon zu weit gefahren waren, wurden meine Zweifel lächelnd beiseitegeschoben. Einige Zeit später griff Rajen dann doch zum Telefon - *Warum zur Hölle erst jetzt??* - und erklärte souverän nach kurzem Gespräch mit der Klinik, dass wir vollkommen richtig waren. Beim Überqueren einer großen Brücke meldete ich den beiden, dass wir gerade dabei seien, die nicht gerade kleine Stadt schon wieder zu verlassen.

Indisches Lächeln (*dummer Tourist),* dann doch ein weiteres Telefonat - dann Ausbruch von Hektik und Suche nach einer Möglichkeit zum U-Turn.

Nach einer Weile waren wir schließlich wieder am anderen Ende der Stadt, wo der Fahrer aber die richtige Abfahrt geschickt verpasste und nun wirklich kopflos wirkte. Jetzt durfte dann doch mein Handy zurate gezogen werden. Nicht ganz ohne Befriedigung, ich muss es zugeben, navigierte ich uns durch viele kleine Straßen direkt zum Cochin Pet Hospital. Ob meine beiden Orientierungsgenies es wohl jemals gefunden hätten? (*arroganter Tourist)*

Die Hauptsache war: Wir hatten es tatsächlich geschafft. Den benommenen Jacob musste ich aus dem Auto durch eine große Glastür in den Warteraum tragen, wo er schicksalsergeben liegenblieb. Uns empfing dort die Eiseskälte einer offensichtlich übereifrigen Klimaanlage. Jacob hatte solche Temperaturen bestimmt noch nie erlebt - hoffentlich würde er sich keine Erkältung holen. Ich verstaute meinen Rucksack in einer Ecke, nachdem ich uns am Tresen angemeldet hatte, und ließ mich auf einen der Plastikstühle neben Jacob fallen. Erschöpft, verschwitzt und wohl nicht gut riechend - und einerseits glücklich, die erste Etappe unseres Wegs einigermaßen unbeschadet hinter uns gebracht zu haben. Aber gleichzeitig fühlte ich mich auf Alarmstufe Rot - denn was mochte hier auf uns zukommen?

Westjütland - Oktober 2013

Es ist später Vormittag in meiner Hütte an der Nordsee - aber düster, als sei die Sonne noch gar nicht aufgegangen. Gestern Nacht fielen mir die Augen zu, sodass ich schweren Herzens aufhören musste mit dem Schreiben. Denn ich war gleichzeitig hellwach in meinen Erinnerungen an Indien, und so folgte ich nur sehr ungern meiner Müdigkeit.

Heute Morgen fällt es mir schwer, mental in diese Welt zurückzukehren, die mir exotisch und so weit entfernt erscheint. Mir kommt in den Sinn, dass dort im Moment die *cool season* beginnen dürfte, die „kalte" Jahreszeit, in der man als Nordeuropäer immer noch meint, vor Hitze zu verglühen.

Wie anders fühlt sich das Leben hier an der dänischen Küste an! Der Sturm hat sich über Nacht gelegt, jetzt bewegen sich draußen im Nebel kaum die Halme des Strandhafers. Die Wolken scheinen tief und schwer über der Landschaft zu hängen. Das graue Licht lässt die ohnehin schwachen Farben der Natur fast ganz erblassen. Könnte es einen größeren Kontrast geben zu den intensiven Farben Indiens?

Beim Morgenspaziergang versuchte feuchte Kälte, in jede Öffnung meiner Kleidung zu dringen. Selbst Jacob war es dort draußen zu ungemütlich, obwohl ihm inzwischen ein weiches Winterfell gewachsen ist. Er blickte sich immer wieder demonstrativ in Richtung unseres Hauses um und folgte mir nur zögernd mit offensichtlichem Unbehagen in die Dünen.

Dabei war der Blick von dort oben über den breiten, menschenleeren Strand wunderschön - das Meer kaum zu sehen durch die dicke, nebelige Luft. Nur am Tosen und Brechen der

Wellen war zu hören, dass es sich nach dem Sturm noch nicht ganz beruhigt hatte.

Eine raue Welt, in der es sich gut von den Tropen träumen lässt. Ich denke einerseits mit Sehnsucht und Fernweh an Indien. In meinen Erinnerungen tauchen jetzt aber nicht bunte und leichte Reiseszenen auf, sondern das Indien, das ich in diesem Jahr auf Jacobs Weg nach Hamburg kennen lernte. Hier habe ich viel Schönes und Freundlichkeit erlebt - aber eben auch eine andere Seite, die es mir oft schwer machte, dieses Land zu mögen.

Mit unserer Ankunft im Cochin Pet Hospital begann eine anstrengende Zeit für uns beide. Unser Urlaubsflirt war jetzt definitiv vorbei, und ich wusste nicht, was in den folgenden vier Monaten auf Jacob zukommen würde - und welche Probleme noch vor mir lagen…

Wir wurden von Dr. Sooraj persönlich begrüßt. Er war nicht in Weiß gekleidet, wie man es von einem Arzt kennt. Nur das Stethoskop über seinem grauen Hemd verriet, dass er der Doktor der Klinik war. Ein kleiner Mann mit Schnurrbart und leicht angegrautem Haar. Sein Alter konnte ich nicht schätzen. Obwohl er etwas hektisch wirkte, war sein Blick freundlich und mitfühlend.

Wir hatten lange im Wartezimmer verbracht, Jacob nervös schlafend unter meinem unbequemen Plastikstuhl. Nur ab und zu schaute er zu mir herauf - als ob er sich vergewissern wollte, dass ich noch da war. Obwohl ich nach unserer fünfstündigen Taxifahrt todmüde war, ließ meine Anspannung nicht nach. Die anderen Wartenden beobachteten mich interessiert und lächelten, wenn sich unsere Blicke trafen. Europäer kamen wohl sonst kaum hierher. Was mochten sie über meinen nicht gerade gepflegten Anblick denken? Meine Klamotten waren schmutzig, und ich war verschwitzt und roch nach Stress und Schweiß und wohl auch nach Erbrochenem.

Ich zog jetzt meinen ängstlichen Hund an seiner Leine über den glatten Boden hinter mir her und folgte dem Doc. Als wir unser Ziel erreichten, hätte ich am liebsten sofort wieder kehrtgemacht, denn uns erwartete kein Behandlungsraum, wie ich ihn aus Tierarztpraxen kannte. In einem schmalen Durchgangszimmer standen drei Tische aus Stahl eng nebeneinander an der Wand. Auf dem linken lag regungslos ein riesengroßer dunkelbrauner Hund, aus dessen Bauch eine blutige Flüssigkeit durch einen Schlauch lief. Ein junger Mann saß davor und tippte hektisch auf seinem Handy herum. Ein offensichtlich sehr alter Hund lag auf dem anderen Tisch. Er bekam gerade eine Infusion, und die ältere Dame bei ihm erzählte mir später von seiner schweren Erkrankung. Und dass er wohl nicht mehr lange leben würde. An der Decke rührte träge ein Propeller die stickig heiße Luft um, die nach Desinfektionsmitteln und Krankheit roch.

Der mittlere Stahltisch war frei für meinen Hund. Jacob leistete keine Gegenwehr, als ich ihn vorsichtig hochhob. Er rollte sich gleich in der Mitte zusammen, als wollte er sich möglichst klein und am besten unsichtbar machen. Ich konnte ihn gut verstehen. Wahrscheinlich spürte Jacob mein Erschrecken über die Situation. Er beobachtete abwechselnd den Arzt und mich mit seinen großen braunen Augen - und wirkte ruhiger, als ich mich fühlte. Dabei hatte ich mir fest vorgenommen - was auch geschieht! - so souverän wie möglich aufzutreten. Meine Tierärztin hatte mir eingeimpft, dass mein Hund diese Sicherheit unbedingt von mir brauchte. Mitleidiges Getue würde ihm gar nicht helfen. Ich nahm Jacobs Kopf in meine Hände und sagte ihm ganz leise, dass schon alles gut werden würde, irgendwie.

Aus meinen Mails kannte Dr. Sooraj unsere Geschichte und wusste, was ich von ihm wollte. Er untersuchte Jacobs Körper, hörte sein Herz ab und maß die Temperatur. „Er hat Fieber", konstatierte er, „das liegt wahrscheinlich an dem ganzen Stress, den er heute hatte". Aber seine hellrosa Bindehaut würde auf eine Anämie hindeuten. Das klang ernst. „Ich würde ihn lieber heute noch nicht impfen. Können wir es auf übermorgen verschieben, haben wir noch so viel Zeit?"

Mein Zeitplan war eng. Jacobs Organismus sollte mindestens vier Wochen haben, um genügend Tollwut-Antikörper zu entwickeln. Aber zwei Tage waren noch drin. Erst einmal wollte der Doc jetzt Blut abnehmen lassen und sich ein Bild von Jacobs Gesundheitszustand machen. „Das dauert nicht lange. *No problem!*"

Er sah wohl an meinem entsetzten Blick, welcher Film gerade in meinem Hirn ablief: *Jacob ist krank. Oh Gott. Impfen geht nicht. Er muss behandelt werden, und in ein paar Tagen fliege ich zurück. Wenn es etwas Schlimmes ist? Und wenn er gar nicht mehr gesund wird? Ich kann ihn doch nicht einfach zurück an seinen Strand bringen…*

Dr. Sooraj lächelte und tätschelte meine Schulter. Es würde schon alles gut gehen. Und schon war er wieder in seinem kleinen Krankenhaus verschwunden.

Da saßen wir drei nun, mein Hund und ich und meine Panik. Helfer in blauen Kitteln warfen uns immer wieder ihr vieldeutiges indisches Lächeln zu, das Freundlichkeit, Erstaunen, Misstrauen, Unsicherheit oder was auch immer bedeuten kann. Auf jeden Fall tat es gut. Nach einer Weile kam jemand zu uns, um Jacob Blut abzunehmen. Ich hielt seinen Kopf in einer Hand und streichelte ihn mit der anderen. Er zuckte nicht einmal, als sein Blut aus der dünnen Kanüle tropfte. Tapferer Kleiner. Nachdem der Helfer verschwunden war, geschah lange gar nichts. Lächeln, Betriebsamkeit, man ließ uns in Ruhe. Jacob rührte sich nicht, seine beiden Leidensgenossen auch nicht. Wir drei Hundemenschen saßen bei unseren Tieren, tauschten ab und zu ein abwesendes Lächeln aus, jeder in seiner ganz eigenen Gedankenwelt. Die Zeit lief langsam und zäh.

„Ich kann Ihnen jetzt unser *Boarding Home* zeigen. Mit dem Auto sind es nur ein paar Minuten von hier." Der Manager des Hospitals, der sich schon vorgestellt hatte, als wir ankamen, unterbrach meine ohnehin nicht so schöne Grübelei. „Jacob kann ruhig hier liegen bleiben. Wir müssen aber jetzt fahren - später habe ich keine Zeit mehr", drängelte er - wohl weil er mein Zögern bemerkte. Konnte ich meinen Hund wirklich ganz allein lassen in dieser Umgebung?

Ich hatte vor, Jacob für vier Monate in der Hundepension des Hospitals unterzubringen. Kost und Logis sollten verständlicherweise im Voraus gezahlt werden - also musste ich mir die Sache unbedingt ansehen, bevor ich etwas unterschrieb. Das *Boarding Home* für Hunde, deren Besitzer im Urlaub sind (oder für Monate oder für immer im Ausland, wie ich später erfuhr), lag ein paar Kilometer vom Hospital entfernt. Dr. Sooraj hatte mir am Telefon davon erzählt, und es klang sehr positiv. Nur Fotos und Fakten hatte ich davon auf seiner Website keine gefunden, was mich ein bisschen skeptisch machte. Was wird einem in Indien nicht alles in den schönsten Farben verkauft - das sich dann als haarsträubend übertrieben entpuppt!

Ich hatte jetzt also nicht wirklich eine Wahl und verabschiedete mich schnell von Jacob. *Bin gleich wieder da, Kleiner.* Dann kurvten der Manager und ich im kleinen Tiertransporter der Klinik durch enge Gassen einer Gegend mit Einfamilienhäusern und wunderschönen tropischen Gärten. Mal wieder ungemütliche Schlaglöcher und Staub, der Wagen klapperte und schaukelte, aber das ließ mich gerade ziemlich kalt. Der Manager war sehr nett und gab sich offensichtlich Mühe, mich etwas aufzuheitern.

„Wir finden es ganz toll, dass Sie einen Strandhund adoptieren. Diese menschenlosen Streuner sind so intelligent und gutmütig - aber leider interessieren sich die Leute hier fast nur für Rassehunde. Oft halten sie sie in viel zu kleinen Wohnungen. Für die meisten ist ein Hund in erster Linie ein Statussymbol. Und viele wollen dann außerdem möglichst viele Welpen heranziehen, um mit ihnen leicht verdientes Geld zu machen." Die Mischlinge von der Straße würden diesen Zweck natürlich nicht erfüllen.

Im Wartezimmer waren mir die erstaunten Blicke der Leute aufgefallen (mit ihren reinrassigen Tieren). Für sie war es wohl völlig idiotisch, dass ein reicher Westler (denn für reich wird jeder Europäer in Indien automatisch gehalten) sich mit so einem Köter abgibt - könnte er doch einen schönen German Shepard Dog oder einen Rottweiler haben…macht doch viel mehr her. *Komische Ausländer*.

Immerhin gut zu wissen, dass der Manager meinem Plan und Jacob mit Sympathie begegnete. Hinter Wohnhäusern führte ein schmaler Schotterweg über ein freies Feld bis zu einer hohen Mauer. Ein rostiges Tor darin stand offen, das wir holpernd passierten. Was ich sah, schockierte mich auf den ersten Blick: Das sogenannte *Boarding Home* wirkte alles andere als *heimelig* auf mich! Auf der einen Seite lag ein eingezäunter Bereich, zum Teil überdacht - wohl die Auslaufzone. Auf der anderen ein blassgelb angestrichenes Gebäude mit einem Vordach aus Wellblech. Dazwischen Schotter und Schutt. Kein bisschen Grün.

„Es ist gerade *under construction*", meinte der Manager, der wohl meine entsetzten Blicke mitbekam. Ich fand das Bild, das sich mir bot, einfach nur trostlos! Mich irritierte außerdem das aggressiv klingende Gebell - dabei sah ich hier draußen keine Hundeseele. „Die sind morgens und abends für mehrere Stunden im Gehege und können dann dort spielen. Wir achten sehr darauf, dass nur friedliche Tiere zusammenkommen."

Aber die Hunde hatten nicht den ganzen Tag Auslauf, wie vom Doc am Telefon beschrieben. Oder hatte ich ihn falsch verstanden? Die Vorstellung, dass Jacob fast den ganzen Tag und die Nacht in Einzelhaft verbringen muss, behagte mir überhaupt nicht!

Mir wurden die Unterbringungen gezeigt, in denen er mindestens vier Monate leben würde. Jeder Hund hatte eine gekachelte Zelle mit Betonboden von höchstens einem Quadratmeter, dazwischen Trennmauern, die mir bis zur Brust reichten. Abgeriegelt mit Türen aus Eisengitter. Das Gebell war kaum auszuhalten, aber die Hunde, die ich durch die Gitter ansprach, wirkten freundlich und wollten nur gestreichelt werden. Das konnte ich gut verstehen, waren doch Streicheleinheiten hier wohl Mangelware. Immerhin war es sehr sauber. Die Käfige würden ständig gereinigt, erklärte man mir. Und der Doktor käme täglich vorbei, um nach jedem Hund zu schauen. Das klang ein bisschen beruhigend. Das Hamburger Tierheim Süderstraße würde gegen diesen Ort allerdings als Luxushundehotel durchgehen!

Konnte ich das hier Jacob wirklich antun? Er hatte schließlich die ersten vier Monate seines jungen Lebens nur am Strand verbracht. Und jetzt steckte ich ihn in eine Zelle und ließ ihn dort die nächsten vier Monate eingesperrt. Ich wurde auch von den *Dog Trainern* und Pflegern begrüßt; alle waren wirklich freundlich. Jeder versicherte mir, dass mein Hund es hier sehr gut haben werde.

Welche Wahl hatte ich schon, wenn ich Jacob nicht zurück nach Varkala bringen wollte? Alternativen zu diesem Ort gab es nicht, das hatte ich ja ausgiebig recherchiert. Also *musste* es okay sein. Lächeln, super, alles toll, vielen Dank. Der Manager hatte keine Zeit mehr und wollte jetzt zurückfahren.

Parasiten

Im Hospital lag Jacob immer noch zusammengerollt auf dem Metalltisch. Als er mich sah, kam sofort Leben in den Kleinen, er wedelte wild mit seinem Schwanz, fiepte, streckte mir seinen Kopf entgegen und leckte mir die Hände ab. Keine Spur von Ärger, der ja nicht unberechtigt wäre nach allem, was ich ihm hier antat (Mein Kater guckt mich einen halben Tag nicht mehr an, wenn ich ihm nur eine Flohkur verpasse!).

Inzwischen waren die beiden großen Hunde verschwunden, und wir waren allein. Jacob machte keine Anstalten, von seinem Tisch zu springen, er legte sich ganz an den Rand und drückte sich an mich. Ich streichelte ihn und erzählte von seinem neuen Zuhause, das ich mir gerade angesehen hatte.

Dein Leben wird jetzt ganz anders sein als bisher. Die nächste Zeit wird wohl nicht so toll, aber immerhin wirst Du Gesellschaft haben und ganz bestimmt Freunde finden. Und es wird nicht lange dauern, dann bin ich wieder da und hole Dich nach Hause - in Dein richtiges Zuhause. Für immer!

Ob er wohl verstand, als ich ihm sagte, dass ich gut für ihn sorgen würde? Meine Stimme schien ihn zu beruhigen, und vor allem beruhigte es *mich*, mit ihm zu sprechen. Wahrscheinlich versicherte ich vor allem mir selbst, dass alles schon irgendwie gut gehen würde.

Nach einer Weile kam Dr. Sooraj wieder zu uns. „Es ist alles gar nicht so schlimm, besser, als ich gedacht hatte. Die Blutanalyse hat zwar bestätigt, dass Jacob unter einer Anämie leidet. Sein Hämoglobinwert ist zu niedrig, aber alle anderen Werte sind okay. Höchstwahrscheinlich hat er Darmparasiten - das ist für einen Straßen- oder Strandhund nichts Ungewöhnliches. Aber die setzen Jacob anscheinend heftig zu!"

Also war mein Eindruck am Tag zuvor, dass er niedergeschlagen und antriebslos wirkte, nicht unbegründet. Es waren doch nicht nur die neue Situation und die in der Luft liegende Veränderung. Jacob war wirklich nicht gesund. Aber jetzt wussten wir zumindest, dass dafür wohl Würmer verantwortlich waren. Der Doktor gab ihm verschiedene Injektionen. „Damit ist er bestimmt bald wieder okay", meinte er. „Aber mit der

Impfung müssen wir noch warten. Vielleicht sind morgen oder übermorgen seine Werte schon besser. Dann impfen wir. *No problem!*" Bis dahin wollte Dr. Sooraj meinen Hund aber noch nicht in sein neues Heim bringen, sondern ihn über Nacht im Hospital unter Beobachtung haben.

So wenig mich begeisterte, was ich gerade besichtigt hatte, und obwohl Jacob hier im Hospital bestimmt gut aufgehoben sein würde - ich sollte ihn wirklich *hier* lassen? Wo in den Ecken enge, angerostete Käfige standen, in denen traurig wirkende Kreaturen saßen und jaulten und maunzten? Ich verkniff mir allerdings diese Frage und versuchte, mir meine Gedanken nicht anmerken zu lassen. Okay. Es muss sein. No problem.

„Kommen Sie doch morgen vormittag 11 Uhr wieder her. Dann werden wir weitersehen", verabschiedete sich der Doc von mir und gab mir mit einem Klaps auf die Schulter höflich zu verstehen, dass die Besuchszeit jetzt vorbei war. Jacob solle ich auf seinem Tisch liegen lassen, man würde ihn später in einen Käfig bringen. So gern ich diesen Käfig vorher inspiziert hätte - ich ließ es bleiben, wollte nicht der Hubschrauber-Hundepapa sein.

Zu Hause hatte ich mir für solche Situationen übrigens zurechtgelegt, mit kleinen Euro-Geschenken für Jacob eine Vorzugsbehandlung zu erwirken. Schließlich weiß man ja, dass in Indien etwas Bakschisch vieles erleichtert. Aber mir war vorhin im Wartezimmer ein Schild aufgefallen, das dringend davor warnte, irgendjemandem hier irgendwelche Geldgeschenke zu machen. Und falls jemand danach fragen sollte, wurde man aufgefordert, es der Klinikleitung zu melden. Also keine gute Idee, hier auf reichen Wessi zu machen…

Ich musste mich jetzt von Jacob verabschieden. Große, große, große Scheiße! Meinen Hund, der am Morgen noch über seinen Strand getollt war, ließ ich jetzt allein in einer völlig fremden Umgebung mit schlimmen Gerüchen und unbekannten Menschen. Auch wenn man es hier gut mit ihm meinte. Bestimmt würde er Angst haben. Aber ich konnte es nicht ändern, das war jetzt sein Schicksal, mit dem er klarkommen musste. Ein Drama daraus zu machen, würde weder ihm noch mir etwas bringen.

Ich verabschiedete mich schnell. Sonst würde ich anfangen zu heulen. Heulen erst draußen. Ich drückte Jacob noch mal ganz fest an mich und erklärte ihm so heiter wie möglich, dass ich schon morgen wieder da sein würde. Und ging.

Wie erwartet, kamen mir vor der Kliniktür die Tränen. Ich fühlte mich, als hätte ich meinen kleinen Hund gerade im Schlachthof abgegeben. Meine Vernunft konnte mir noch so oft sagen, dass dies der einzige Weg war, Jacob ein schönes und hoffentlich langes Leben zu schenken. Dass er es an seinem Strand - gerade mit üblen Parasiten im Körper! - bestimmt nicht gut gehabt hätte. Meinen Bauch beruhigte dieses Wissen nicht. Ich fühlte mich schuldig und schlecht.

Mit meinem Rucksack auf dem Rücken bog ich in die schmale Straße vor dem Hospital ein. Ich sah nirgendwo ein Tuk-Tuk, also machte ich mich einfach zu Fuß auf den Weg. Irgendwo würde ich schon eins auftreiben - daran mangelt es nirgendwo in Indien. Die Bewegung und die Hitze - obwohl es schon später Nachmittag war - halfen mir, langsam runterzukommen. Ich wurde ruhiger und spürte, wie erschöpft ich wirklich war. Bisher hatten sich meine Gedanken ja ausschließlich um Jacob und sein Wohlergehen gedreht. Jetzt registrierte ich, dass *ich* total am Ende war.

Hinter Gartenzäunen winkten mir Kinder zu. *What´s your name, Sir?* (= die dem Touristen in Indien wohl am häufigsten gestellte Frage neben *Are you married?*) Ich winkte zurück und lächelte und rief meinen Namen. Langsam kam ich heraus aus meinem inneren Film. Mehr konnte ich heute Abend sowieso nicht für Jacob tun. Die Lage war nicht toll, aber auch keine Katastrophe. Zum Heulen war mir jetzt nicht mehr. Ich schwitzte und muffelte und stellte fest, dass ich Hunger hatte. Kein schlechtes Zeichen. Glücklicherweise kreuzte bald ein Tuk-Tuk meinen Weg und brachte mich zum Anleger der Fähre nach Fort Cochin, wo Hotel, Abendessen und eine Dusche auf mich warteten.

Wenn ich heute in meinem Tagebuch den Eintrag von jenem Abend lese, bekomme ich immer noch eine Gänsehaut. Ich war damals in einer Situation, wie ich sie nie vorher erlebt hatte: In meinen Händen lag einerseits die ganze Verantwortung für dieses kleine Wesen - weil ich mich dafür entschieden hatte, ihn aus seinem Leben am Strand herauszubringen. Ob er schnell wieder gesund werden würde oder nicht.

Ich musste dafür sorgen, dass er irgendwie nach Deutschland kam - oder, wäre dies nicht möglich (Es gibt Hunde, die einfach keine Antikörper bilden können.), ein gutes Zuhause in Indien für ihn zu finden (Albtraumgedanke). Es gab für Jacob und mich keinen Weg zurück.

Noch schwieriger, als die Verantwortung selbst zu tragen, war für mich, dass mir jetzt nichts anderes übrig blieb, als sie erst einmal in fremde Hände zu legen. Am schlimmsten war für mich die Vorstellung, dass sich der Kleine von mir doch verraten und verkauft fühlen musste. Können sich Hunde verraten fühlen? Keine Ahnung. *Ich* hätte mich ganz sicher so gefühlt! Man lebt ein unbeschwertes Leben am Strand in netter Gesellschaft ohne eine Ahnung von den Gefahren des Lebens. Da taucht ein richtig guter Typ auf, füttert einen und lädt zu einer Reise ein. Plötzlich sitzt man dann in einem Käfig in einer völlig fremden und nicht gerade schönen Umgebung. Und der Mensch, dem man vertraut hatte, ist weg! Keine angenehme Vorstellung, oder?

Ich telefonierte am Abend mit meiner Schwester, die das Leben meistens etwas pragmatischer sieht als ich. Sie meinte, dass Jacob in diesen Wochen womöglich schlechte Erfahrungen machen würde. Ja. Davor könne ich ihn nun einmal nicht schützen. Aber dann hätte ich doch zehn, fünfzehn Jahre oder länger Zeit, ihm Geborgenheit zu vermitteln und die Narben auf seiner Seele zu heilen. Als Mutter von zwei Kindern weiß sie, dass man manchmal schwierige Entscheidungen für andere treffen und die Konsequenzen dann aushalten muss.

Apropos *aushalten*: Mir fällt dabei ein, was mir ein Trainer während meiner Psychotherapie-Ausbildung einmal sagte. Ich kam damals total fertig (War es aus Liebeskummer?) in ein Ausbildungswochenende und meldete Gesprächsbedarf an. Selbsterfahrung und die Arbeit an der eigenen Psyche gehörten damals mit zum Programm. Ich schilderte das Durcheinander in meiner Seele und wollte etwas daran ändern.

Aber mein Trainer meinte, „Du kennst doch dieses Thema sehr gut. Natürlich könnten wir noch einmal genau untersuchen, warum Du so fühlst und handelst - aber das würde Dir doch kaum helfen. Weißt Du, es ist wichtig, seine Gefühle zu spüren und zu verstehen. Und mindestens genauso wichtig ist es zu lernen, sie auch auszuhalten!“ Das war für mich erst ein Schlag ins Gesicht. Nicht reden und arbeiten und nachspüren? Sondern „einfach nur“ aushalten?

Eine wichtige Lektion, die ich heute manchem Klienten ans Herz lege. Gerade sehr selbstreflektierte Menschen neigen dazu, nach immer neuen Antworten zu graben, um sich selbst und ihre Gefühle immer besser zu verstehen. Anstatt entweder aktiv zu werden oder sich selbst auszuhalten, wie man ist und fühlt.

Damals in Cochin wurde diese Lektion noch einmal aufgefrischt. Ich konnte ja nichts tun, außer noch einige Tage für meinen Hund da zu sein und dann darauf zu vertrauen, dass sich die Menschen dort gut um ihn kümmern würden. Dass ich dabei nicht gerade gute Gefühle hatte und mich sorgte, war klar und wohl kaum zu ändern. Mir blieb nur, diese Gefühle auszuhalten und mich nicht allzu verrückt zu machen. Keine leichte Übung für jemanden wie mich, der am liebsten alle Fäden selbst in der Hand hat.

Cochin - Januar 2013

Am nächsten Morgen war ich relativ fit und sogar hungrig. Aber gleichzeitig fühlte sich mein Magen flau an. Ich hatte noch vor dem Schlafengehen im Internet nachgelesen, was es mit Hundeparasiten auf sich hat. Und was ich darüber fand, war nicht gerade beruhigend.

Es gibt nämlich nicht nur Würmer im Darmtrakt des Hundes, sondern auch Herz- und Lungenwürmer und Blutparasiten, die Blutkörperchen befallen, von Zecken übertragen werden und unbehandelt sogar zum Tod führen können. Viele Hunde bekommen Parasiten über Nahrung und unsauberes Wasser. In Varkala tranken die Tiere aus einem schmalen Bach, der ins Meer mündete - nachdem er durch den halben Ort geflossen war und dabei wahrscheinlich die Abwässer aller Haushalte mitnahm. Wenn ich es vermeiden konnte, setzte ich nicht einmal einen Fuß in diese stinkende Brühe! Aber sauberes Wasser gab es nicht. Und Zecken hatten alle Hunde am Strand vom Kopf bis zur Schwanzspitze. Ich konnte nur hoffen, dass sich Jacob in seinem jungen Alter noch nicht allzu viele und vor allem nicht so gefährliche von diesen Viechern geholt hatte.

Keine guten Gedanken, um sein Frühstück zu genießen. Auch nicht im *Kachi Art Café* - dem schönsten Ort dafür in Fort Cochin. Es lag in einem Hinterhof zwischen alten Mauern, die von grünen Ranken mit Blüten in allen Farben überwachsen waren. Unter hohen Holzdecken drehten sich träge Propeller. Hier hatte ich früher schon oft gesessen und mit interessanten Menschen geschwatzt.

Jetzt hatte ich keinen Appetit und fühlte ich mich hier nur fehl am Platz. Mein Hund saß gerade in irgendeiner rostigen, engen Box und wusste nicht, was mit ihm geschah. Er wachte zum ersten Mal in seinem Leben auf und war nicht an seinem Strand. Wie konnte ich mich da guten Gewissens an meinem Frühstück erfreuen? Aber ich sollte ja erst um 11 Uhr im Hospital sein und hatte noch viel Zeit.

In Fort Cochin landete einst Vasco da Gama und begründete damit die Kolonialisierung durch die Portugiesen. Man kann heute noch den alten Glanz und Reichtum ahnen, vor allem, wenn man nachts durch die spärlich beleuchteten Gassen schlendert und nicht mehr allzu viele Touristen unterwegs sind.

Die kleine Stadt liegt auf der Spitze einer Halbinsel und das Pet Hospital auf dem Festland in Ernakulam (das aber meistens nur Cochin oder *Kochi* auf Neu-indisch genannt wird). Mit dem Taxi ist der Weg dorthin ziemlich weit, denn es muss einen großen Bogen fahren. Viel angenehmer, als im Auto über indische Straßen zu holpern, ist die halbstündige Fahrt mit der Fähre.

Ich musste lange in der Schlange vor einem Tickethäuschen warten, das aussah, als hätte hier schon Vasco da Gama seine Fahrkarten gekauft. Eine deutlich kürzere Schlange war leider nur für Frauen reserviert. Die zwei kleinen Fenster am Schalter waren noch geschlossen. Sie wurden nur geöffnet, wenn eine Fähre ankam - und dann musste es schnell gehen, wenn man noch eine Chance haben wollte, mitgenommen zu werden.

Wie Dinge in Indien organisiert werden, ist für einen effizienzgewohnten Europäer oft schwer nachzuvollziehen. Jeder konnte hier nur maximal zwei Tickets kaufen, es gab nur einen Preis. Doch anstatt einen Stapel davon bereitzuhalten, musste der Schalterbeamte mit einem kleinen Ticketdrucker für jeden Kunden den Preis eintippen und warten, bis das Gerät den Fahrschein ganz langsam ausspuckte. Nachdem ich häufiger durch Indien gereist war, verbot ich mir die typische Frage des

Indien-Neulings *Wieso können die nicht einfach…?* Ist eben nicht, weil es eben so ist. Besser niemals nach dem Warum fragen. Bleibt nur geduldiges Warten. Und Lächeln. Bei gefühlt fast vierzig Grad.

Die Fähre war ebenfalls eine Antiquität, angetrieben von einem laut knatternden Motor unter Deck, der alle Passagiere in blaue Abgaswolken hüllte, die das Pech hatten, auf der falschen Seite zu sitzen. Aber die Fahrt war schön! Gerade weil die Geschwindigkeit höchstens einem flotten Fußgängertempo entsprach. Schon am Abend zuvor hatte das gemächliche Geschaukel sehr beruhigend auf meine Nerven gewirkt.

Alles andere als entspannend war dann die halbe Stunde im Tuk-Tuk durch den zäh dahinfließenden Großstadtverkehr. Die Abgase, die mir auf der Fähre entgangen waren, bekam ich hier großzügig nachgereicht.

Menschen, die schon in Asien waren, kennen die unvermeidlichen Tuk-Tuks - dreirädrige Motorräder mit einer engen Kabine, die zu beiden Seiten offen ist. Da sie schmaler sind als Autos, können sie sich prima in jede Lücke quetschen, was sie liebend gern auch tun. Die Fahrt mit so einem Gerät durch eine indische Stadt ist wahrscheinlich ähnlich gesund wie der Konsum einer Schachtel Zigaretten. Macht aber viel mehr Spaß! Mein Fahrer fand das Hospital - *no problem!* - erst nach einigen Um- und Irrwegen und verlangte dann einen höheren Preis als den ausgehandelten - es hatte schließlich länger gedauert. Indische Logik.

Dr. Sooraj lief ich schon am Eingang über den Weg, und er strahlte: „Jacob hat kein Fieber mehr! Das Wurmmittel hat sehr gut gewirkt. Es geht ihm viel besser, wir können ihn heute schon impfen." Und ich durfte gleich zu ihm. Durch mehrere schmale Gänge kam ich in einen Raum ohne Tageslicht. An drei

Seiten standen Käfige in zwei Etagen. Jacob erkannte mich sofort und drängte sich laut fiepend und schwanzwedelnd an die Gittertür. Ich ließ ihn heraus, und der Kleine sprang mir freudig entgegen und in den Arm. Er drückte seinen Kopf an meinen Bauch, als wollte er in mich hineinkriechen. *Guten Morgen, mein kleiner Freund! Wie war Deine Nacht?* Seine Augen wirkten klarer als gestern, und überhaupt machte er einen lebendigeren Eindruck auf mich.

Wir mussten dann nicht lange warten. Dr. Sooraj empfing uns heute in seinem Untersuchungsraum, der deutlich angenehmer war als das Durchgangszimmer mit den Metalltischen. Er untersuchte Jacob noch einmal, war zufrieden und verabreichte ihm dann den Tollwut-Impfstoff. Jetzt hing alles davon ab, dass der seinen Job gut erledigte. Eigentlich wird noch eine zweite Impfung zur Sicherheit empfohlen. Aber so viel Zeit hatten wir nicht, bis Agnes die Blutprobe einsammeln und mit nach Hamburg nehmen würde. Einen anderen Weg gab es nicht. Sollte der Test dann negativ ausfallen? Ich hatte keinen Plan B.

Neben der Impfung musste auch ein Mikrochip eingesetzt werden, den die EU-Einreiseregelungen vorschreiben. Anhand so eines Chips kann ein Tier eindeutig identifiziert werden. Damit das Ding auf jeden Fall in Deutschland anerkannt wird, hatte ich ihn mir von meiner Tierärztin mitgeben lassen.

Als der Doc die Spritze auspackte, mit deren Hilfe der Chip unter die Haut gesetzt wird, bekam ich einen Riesenschreck: Der Chip hatte die Größe eines Reiskorns - entsprechend dick war die Kanüle. Das musste doch schrecklich weh tun! Aber Dr. Sooraj meinte, eine Betäubung sei nun wirklich nicht nötig. Also hielt ich Jacob sehr fest und redete ihm gut zu. Anders als bei der Impfung zuckte der Kleine jetzt zusammen, aber gab keinen Laut von sich und wehrte sich kein bisschen. Mein

Hund ist anscheinend weniger wehleidig als sein neues Herrchen...

Nachdem der Impfpass ausgestellt und viele weitere Formulare und Papiere unterschrieben waren, fuhr uns ein Angestellter des Hospitals zu Jacobs neuem Zuhause. Den kleinen Van kannte ich ja schon - Jacob noch nicht, und er schien ihm nicht besonders zu gefallen. Erst weigerte er sich, freiwillig hineinzuspringen, ließ es aber geschehen, dass ich ihn hineinhob. Als wir dann das Eingangstor zum Boarding Home durchquert hatten, wollte er den Wagen absolut nicht mehr verlassen. An der Leine musste ich ihn mehr oder weniger zum Büro ziehen.

Na ja, der erste Eindruck dieser Einrichtung hatte bei mir ja auch nicht gerade Euphorie ausgelöst. Und Jacob roch natürlich die Gegenwart der vielen gefangenen und vielleicht gestressten Hunde. Er sah mich entsetzt an, als wollte er sagen: *Das ist doch nicht Dein Ernst!?*

Wir wurden sehr freundlich empfangen. *Das ist also Jacob - man habe ja schon viel von ihm gehört! Ein Strandhund? Wirklich? Er würde es hier sehr gut haben.*

Man zeigte uns die Box, die für ihn reserviert war. Jacob war nicht interessiert. Aber noch musste er dort auch nicht hinein. Ich bekam einen Stuhl unter das Vordach gestellt, wo ein großer, offensichtlich sehr alter schwarzer Hund angebunden war und uns aus traurigen Augen beobachtete. Sein Mensch war in die USA ausgewandert und hatte ihn nicht mitnehmen können. Jetzt musste der arme Kerl hier seinen Lebensabend verbringen, an einer kurzen Kette im Schutt. Wie konnte eine Hundeseele so etwas verdient haben.

Ich setzte mich auf den Boden, damit Jacob sich auf meinen Schoß kuscheln konnte. Kein Lüftchen wehte, und es war schrecklich heiß. Dabei hatten wir erst Januar - wie würde es im

Mai sein, wenn ich ihn abhole? Im Juni beginnt hier im Bundesstaat Kerala gewöhnlich der Monsun, und die Wochen davor sollen unerträglich schwül-heiß sein. Meine Vorfreude hielt sich in Grenzen. Wie gut, dass Jacob nicht zum Spielen zu Mute war. So streichelte ich ihn und fütterte ihn ab und zu mit kleinen Hundeköstlichkeiten.

Einige Stunden später war die Besuchszeit vorbei, und Jacob musste jetzt wirklich in seine Box. Alles Zureden und Futter halfen nicht. Ich hockte mich selbst hinein und rief ihn. *Hier ist es super, komm rein!* Keine Chance. So blöd war mein Hund nicht. Ich musste ihn hineintragen, und er wehrte sich heftig. Dann saßen wir eine Weile zusammen aneinandergekauert hinter der Gittertür.

Mein Freund, mach das Beste draus. Geht wirklich nicht anders. Hier wirst Du eine Weile bleiben müssen. Aber Du kriegst es hin, ganz bestimmt!

Als ich mich hinauswand, ohne ihn an mir vorbeizulassen, und die Tür schnell schloss, heulte Jacob auf und winselte und schob seine Pfoten unter dem Gitter hindurch. Jetzt nur nicht mitleidig wirken! Ich versprach ihm - gute Laune schlecht vortäuschend - dass ich morgen wiederkomme und dass jetzt alles gut wird.

Sein Heulen verfolgte mich noch, bis ich das Grundstück verlassen hatte und in den Schotterweg einbog.

Huskies in Indien

Meine fünf Tage in Cochin liefen immer gleich ab. Das Frühstück im Kachi und das Abendessen in einem der vielen Restaurants in Meernähe konnte ich zwar inzwischen etwas mehr

genießen. Aber ich fühlte mich immer noch fremd
unter den Touristen. Manchmal kam ich mit Leuten ins Gespräch, die mir von ihren Reiseerlebnissen erzählten. Das klang alles toll, nur interessierte es mich herzlich wenig. Denn meine Welt war gerade eine ganz andere.

Umgekehrt wurde ich auch gefragt, was ich in Fort Cochin so treibe. Nicht immer war mir danach, die Wahrheit zu sagen. Aber wenn ich von Jacob erzählte, war die Reaktion immer Begeisterung: *How lucky your dog is. How great, you are doing all this for him. What a beautiful story!*

Es tat natürlich gut, Zuspruch und Bestärkung zu bekommen. Niemand fand total verrückt oder falsch, was ich mir vorgenommen hatte - jedenfalls sagte dies keiner. Und ich war mir sicher, dass ich eines Tages - wenn alles gut ginge - unsere Geschichte auch *beautiful* finden würde. Aber hier und jetzt empfand ich nicht so und hörte solche Kommentare irgendwann auch nicht mehr gern.

Klar, ich war sehr glücklich, dass alles bisher gut geklappt hatte und Jacob jetzt in Sicherheit und geimpft war. Nur musste der Kleine vier Monate in diesem Loch sitzen! Und ich befürchtete, dass seine Seele dort Schaden nehmen könnte. Oder dass seine Einreise am Ende doch nicht funktionierte wie geplant.

Meine Sorge war mal lauter, mal leiser, aber sie verstummte selten ganz. Und da war immer noch meine alte Befürchtung, dass das Ganze ein Riesen-Egotrip sei und dass Jacob am Ende in der Stadt nicht glücklich werden würde. Nein, wirklich *schön* fand ich unsere Geschichte damals nicht.

Aber schön waren die Stunden mit Jacob! Jeden Tag besuchte ich ihn und holte ihn aus seinem Käfig. Er flippte dann völlig aus vor Freude, rannte kreuz und quer über das ganze Gelände und musste wohl seine aufgestaute Energie erst einmal loswerden. Er erledigte sein Geschäft in einer entfernten Ecke - mein Hund war schon stubenrein! Und er bellte nach mir, damit ich ihm folgte und wir zusammen die Gegend unsicher machen konnten.

In der Sonne war es mir dafür allerdings meistens viel zu heiß. Ich war das Klima eben nicht so gewohnt wie er. So verbrachten wir die meiste Zeit im Schatten des Vordachs oder in dem großen Zwinger, wenn der nicht gerade für andere Zwecke genutzt wurde. Ich fütterte meinen Hund ausgiebig mit Leckerlis, die er inzwischen richtig klasse fand. Wahrscheinlich war das Futter, das er hier bekam, nicht gerade der Hit. Zum Spielen war es dem Kleinen anscheinend oft auch zu heiß - auf meine Versuche, Bälle für ihn zu werfen, reagierte er höflich interessiert, aber ohne Begeisterung.

Meistens schlief er neben meinem Plastikstuhl. Dort saß ich, wenn wir uns nicht miteinander beschäftigten, und las oder schrieb oder guckte einfach nur so in die Gegend. Auch wenn das Gelände des Boarding Homes nicht unbedingt eine Augenweide war - es lag direkt an einem kleinen See, der zu den Backwaters von Kerala gehört. An den Ufern standen einige der berühmten *Chinese Fishing Nets*, jahrhundertealte Konstruktionen, mit denen man ein quadratisches Netz senkrecht ins Wasser absenken kann. In Fort Cochin sind sie die größte Touristenattraktion, hier waren sie nur Mittel zum Zweck und trotzdem sehr schön anzusehen. Genauso wie Kormorane und alle möglichen exotisch aussehende Vögel. Und dazwischen schwamm natürlich jede Menge Müll.

Das ist übrigens etwas, an das ich mich in Indien wohl nie gewöhnen werde: Es gibt so viel atemberaubend Schönes zu sehen. Und es wird so viel Wert auf Sauberkeit gelegt. Während wir Touris oft zerknittert und verschwitzt herumlaufen, ist die Kleidung auch der Ärmsten immer sauber und gebügelt. Vor der kleinsten Hütte wird gefegt. Aber daneben türmen sich Müllberge. Und es gibt wirklich kaum ein Gewässer, das nicht bestialisch stinkt und von Abwässern übel verfärbt ist. Klar, ich weiß, man kennt in den meisten Orten weder Müllabfuhr noch Kanalisation. Trotzdem finde ich es schwer auszuhalten, wenn ich sehe, wie selbstverständlich man seinen Abfall in die Natur wirft.

In Delhi lief ich einmal mit einer leeren Cola-Dose durch die Gegend, um sie brav im nächsten Mülleimer zu entsorgen. Nur *gab* es keine Mülleimer. Und nach einer Stunde habe ich es gemacht wie die Einheimischen - es fiel mir nicht leicht! - und sie einfach auf die Straße geworfen.

Manchmal machte ich mit Jacob kleine Spaziergänge am Wasser entlang. Noch war es für uns beide ungewohnt, mit ihm an der Leine zu gehen. Aber er lief vor oder neben mir, ganz ohne zu ziehen. Ich war sehr vorsichtig, weil ich auf keinen Fall auf andere Hunde treffen wollte, die den Kleinen womöglich angreifen könnten. Schließlich hatte ich null Erfahrungen und wusste nicht, wie man sich als Hundehalter dann am klügsten verhält. Ich wollte Jacob ja keinen Kämpfen aussetzen! Und so blieben wir lieber in der Nähe des Heims, bummelten durch umliegende Straßen und schauten am Haus des Hundetrainers vorbei, wo seine Familie uns sehr freundlich begrüßte. Es fühlte sich großartig an, zusammen mit meinem Hund in der Welt unterwegs zu sein und für eine Weile alle Probleme zu vergessen. Einfach nur miteinander zu laufen. In ein paar Monaten würden wir dies hoffentlich täglich tun.

Nette Abwechslung boten die Menschen, die uns im Boarding Home besuchten. Dass jemand aus Europa hier mit seinem indischen Hund abhing, war offensichtlich eine spannende Sache! So schauten Nachbarn oder Familienangehörige der Angestellten vorbei und wollten unsere Geschichte von mir persönlich hören. Ich glaube, die meisten hielten mich für komplett meschugge - auch wenn man natürlich viel zu höflich war, dies zu zeigen.

Man fragte mich vorsichtig, *gibt es denn bei Euch keine Hunde?* Und meinte natürlich damit *ordentliche* Hunde wie Rottweiler oder Dobermänner. Ich sang dann ein Loblied auf die klugen, sozial kompetenten und freundlichen indischen Mischlinge. Das weckte einerseits Nationalstolz, von dem die meisten Inder eine Menge haben. Es wirkte aber wohl auch befremdlich - so als würde bei uns ein Ausländer von den Vorzügen unserer gemeinen Straßentaube schwärmen.

Oft unterhielt ich mich mit dem Hundetrainer, der hier angestellt war, aber anscheinend selten etwas zu tun hatte. Er war mit einem Kollegen dafür zuständig, die Hunde zu erziehen, deren Menschen gerade Urlaub machten. Man delegierte das anscheinend gern an einen Fachmann. Auch wenn ich damals noch nichts von Hundeerziehung verstand - wie die *Fachmänner* mit den Hunden umgingen, machte mich richtig sauer!

Während wir Rütter-TV-Gebildeten immerhin wissen, dass vor allem Belohnung, Lob und Bestärkung für das Hundetraining wichtig sind, setzte man hier nur auf Befehl und Bestrafung. Ein junger Rottweiler wurde jaulend über den Schotter gezogen, um ihm das Gehen an der Leine beizubringen. Als das nicht klappte, wurde noch ein Würgehalsband zu Hilfe genommen. Meine vorsichtigen Versuche, die Methoden zu diskutieren, liefen völlig ins Leere. Erziehung bedeutete hier offensichtlich Dominanz und Unterwerfung, master and servant. Es war schrecklich anzusehen.

Neben dieser Tätigkeit hatte der Trainer einen wohl lukrativen Nebenjob: Er züchtete, importierte und verkaufte Hundewelpen. Ganz euphorisch berichtete er mir davon und zeigte mir in einem Buch über Hunderassen, welche er davon gerade im Angebot hatte. Zu jedem Hund nannte er einen Preis, als würde er mir ein Auto verkaufen wollen.

Völlig entsetzt war ich, als er mir zwei Huskies vorstellte. *Huskies*? *Hier*? Die seien gerade aus Thailand gekommen. *Thailand*? Ja, dort könne man sie gut und preiswert aufziehen. Natürlich, nachdem sie aus Sibirien dorthin eingeführt wurden. Meine Bemerkung, dass diese Rasse doch nun wirklich nicht für indische Temperaturen gemacht sei, schien er nicht zu verstehen. Wie es dem Tier ging und ob es sich wohl fühlte, hatte für ihn anscheinend nicht unbedingt Priorität. Und außerdem würden die meisten Leute ihre Hunde doch sowieso in ihrer klimatisierten Wohnung halten. *No problem!*

Er bot mir an, meinen Hund bis zu seiner Abreise zu trainieren und ihm Manieren beizubringen. Super Idee. Ich lehnte freundlich ab.

Abschied

Nach einer gemeinsamen Hund-Mensch-Woche mussten wir uns für die nächsten vier Monate (jedenfalls *dachte* ich das damals) verabschieden. Jacob ging es offensichtlich sehr gut, was mir auch Dr. Sooraj bestätigte. In den wenigen Tagen hatte er Gewicht zugelegt, und sein Fell sah viel besser aus - gar nicht mehr wie das stumpfe Fell eines Strandhundes. Er hatte eben auch keine Flöhe und keine Zecken mehr, von denen er vor einer Weile noch ganze Großfamilien beherbergt hatte.

Der Hundetrainer meinte, dass Jacob sich hier wohlfühle und sehr sozial sei im Umgang mit den anderen Hunden. Mein Hundepapaherz wollte platzen vor Stolz! Ganz bestimmt würde er hier eine gute Zeit haben. Und der Trainer versprach mir fest, ganz oft Fotos zu mailen, damit ich verfolgen kann, wie Jacob sich entwickelt. Bis zu unserem Wiedersehen würde mein Hund ja vom Noch-Welpen zum jungen Fast-Erwachsenen heranwachsen - und ich würde von dieser wichtigen Zeit nichts mitbekommen. Bestimmt würde jedes Foto aus Indien ein Highlight für mich werden!

Unsere letzten Stunden verbrachten wir mit einem Spaziergang an den Backwaters. Und dann saßen wir beieinander, ich streichelte meinen Hund und redete auf ihn ein - und er ließ es sich gefallen. Schließlich bekamen wir noch Besuch von der Familie des Trainers und einer jungen Verwandten, die hoffte, im Herbst in Deutschland studieren zu können. Für mich war es ein großer Trost, dass es hier so viele wirklich freundliche Menschen gab, die Jacob gern hatten und versprachen, ihn zu besuchen und sich gut um ihn zu kümmern.

Für den Kleinen würde es bestimmt nicht gerade die tollste Zeit seines Lebens - aber immerhin sicher und okay. Ich sagte mir, dass er am Strand zwar ein freies Leben hätte, aber die

Wahrscheinlichkeit, dort vier Monate gesund zu überleben, wäre deutlich geringer. Insbesondere mit den fiesen Parasiten. Im Kopf war ich ganz klar. Mein Herz konnte es aber nur schwer aushalten, Jacob hier zurückzulassen. Wir hatten in den letzten Tagen so viel miteinander erlebt und geschafft. Wir hatten uns besser kennen gelernt und er sich ein Stück mehr an mich gewöhnt.

Erleichtert wurde unser Abschied durch die Besucher, mit denen wir zusammen im großen Gehege saßen und schwatzten. Jacob lief umher und ließ sich von jedem streicheln. Nachdem ich ihn noch einmal richtig gedrückt hatte, ging ich einfach so hinaus, ohne dass der Kleine es mitbekam. Ich drehte mich nicht mehr um und verließ das Grundstück. Kein Jaulen von Jacob war zu hören wie an den Tagen davor, wenn ich gegangen war. Eigentlich hatte ich erwartet, dass mir die Tränen kommen würden - aber ich spürte jetzt in mir eine Zuversicht, dass schon alles gut werden würde.

Während ich auf dem Flughafen von Cochin auf meinen Abflug wartete, wurde mir mulmig. Wenn alles gut ginge, würde ich im Mai wieder in diesem Terminal sein - während Jacob dann irgendwo in der Frachtabteilung allein auf sich gestellt sein würde. Ein gruseliger Gedanke. Man hatte mir erzählt, dass Hunden manchmal der Transport verweigert wird, wenn sie zu aufgeregt sind. Würde ich Jacob Beruhigungsmittel geben können? Im Netz hatte ich gelesen, dass davon abgeraten wird. Okay, ich hatte ja noch genug Zeit, all das herauszufinden. Ich war nur jetzt schon nervös bei dem Gedanken an den Mai. Ganz bestimmt würde *ich* dann ein Beruhigungsmittel brauchen!

Als das Flugzeug später einen weiten Bogen über Cochin flog, versuchte ich vergeblich, von oben Jacobs Übergangsheimat zu finden. Irgendwo da unten war mein kleiner indischer

Hund, der meinen heutigen Besuch bestimmt schon freudig erwartete.

Westjütland - Oktober 2013

Ich erinnere noch gut, wie erleichtert ich war, als ich im Flugzeug nach Hamburg saß. Hinter mir lag die - jedenfalls für mich - schwierigste Woche auf Jacobs Weg. Aber jetzt war immerhin der Anfang gemacht, es gab kein Zurück mehr, und die Weichen waren gestellt. Dass es ein Spaziergang für Jacob und mich werden würde, hatte ich ja nicht erwartet. Und wenn man bedenkt, was hätte schief gehen können, war es richtig gut gelaufen. Das Wichtigste war, dass ich für meinen Hund eine sichere Bleibe gefunden hatte.

Traurig war ich, weil wir uns so lange nicht sehen würden. Würde mich Jacob nach vier Monaten überhaupt wiedererkennen? Könnte es sein, dass im Mai die Boarding-Home-Leute seine Bezugspersonen geworden sind? Immerhin würde er dort die Hälfte seines bisherigen Lebens verbringen! Würde ich ihn ein zweites Mal von seinem Zuhause wegreißen müssen?

Heute weiß ich, was mir meine Freunde damals schon sagten: Hunde vergessen ihren Menschen ganz bestimmt nicht so schnell! Und auch wenn wir erst wenige Wochen miteinander verbracht hatten - ich *war* ja Jacobs Mensch, und daran würde sich in einigen Monaten nichts ändern. Nur war ich mir damals dessen noch nicht so sicher.

Von Hunden und wie sie ticken und vor allem von Hundeerziehung hatte ich Anfang des Jahres *null* Ahnung. Ja, mal irgendwas von Rütter, dem TV-Hundepapst, gesehen. Ich fand Hunde immer klasse, und ich hatte sogar schon einmal darüber nachgedacht, mir einen anzuschaffen - aber das war damals anders gekommen. Vor ein paar Jahren war mein Kater Paul schon eine Weile tot, und ich fühlte mich immer noch verwaist.

Im Herbst lag eine lange Wanderung vor mir; ich wollte auf dem Pilgerweg Via de la Plata von Sevilla nach Santiago wandern. Damals dachte ich, dass mir unterwegs vielleicht ein Hund begegnen könnte, der Lust hatte, mich zu adoptieren.

In Spanien geht es vielen Hunden bekanntlich ziemlich dreckig. Aber ich latschte über 1000 Kilometer durch das Land, traf natürlich auch viele Hunde - freundete mich allerdings mit keinem an. Vielmehr wurde mir klar, dass ich eben doch ein Katzenmensch bin, und ich ahnte, dass es wohl nicht mehr allzu lange dauern würde, bis ich mal *ganz unverbindlich* im Tierheim auf der Katzenstation vorbeischauen würde.

Das tat ich dann auch und traf dort sofort meinen Kater Mino (wegen der Vorgeschichte eigentlich *Camino,* aber daraus machte mein dreijähriger Nachbar nach ein paar Tagen *Mino,* und dabei blieb es). Ich nahm an, dass das Hundethema damit zu den Akten gelegt war. Aber mein Hund musste mir dann ausgerechnet auf dem indischen Subkontinent über den Weg laufen! Das Schicksal hat manchmal schon einen ziemlich abstrusen Humor…

Ende Januar dieses Jahres kam ich erleichtert, aber auch mit vielen noch offenen Fragen im Gepäck aus Indien nach Hause. In Hamburg würde nun für mich viel zu organisieren sein, und einiges war noch völlig ungewiss. Ich wusste noch gar nicht, woher ich die amtlichen Bescheinigungen in Indien überhaupt bekommen und wie unser Weg nach Deutschland aussehen würde. Mich beruhigte, dass ich für diese Fragen jetzt eine Menge Zeit hatte.

Später, als Jacob längst in Hamburg war, legte ich eine Facebookseite an, um meine Erfahrungen Menschen zur Verfügung zu stellen, die auch einen Hund von einem anderen Kontinent nach Europa holen wollen. Dort erklärte ich Bestimmungen und Zuständigkeiten und wie man am besten vorgehen sollte. Ich war erstaunt, dass es dann gar nicht *so* viele Punkte waren - die Infos waren recht übersichtlich.

Trotzdem hat mich das ganze Prozedere über Monate auf Trapp gehalten - um überhaupt an die nötigen Informationen heranzukommen, sie zu überprüfen und zu entscheiden, welche Wege wirklich die klügsten waren.

Hamburg - Februar 2013

Obwohl ich nur gut eine Woche im tropischen Indien verbracht hatte, empfand ich Hamburg im Februar als Klimaschock. Aber ganz anders als bei meiner Ankunft im Januar war meine Stimmung jetzt richtig gut. Damals hatte ich gerade meinen kleinen Freund zurückgelassen und gedacht, ich würde ihn nie wiedersehen.

Jetzt kam ich zurück, war tatsächlich Hundemensch (wenn auch in Fernbeziehung) und wusste, dass Jacob in Dr. Soorajs Obhut gut aufgehoben war. Wie erstaunlich, dass ich den Kleinen vor gerade erst anderthalb Monaten kennen gelernt hatte!

Bei vielen alltäglichen Dingen dachte ich jetzt daran, wie es wohl zusammen mit Jacob sein würde: beim Spazierengehen und Einkaufen, im Restaurant und beim Besuch von Freunden. Wie mochte das mit Hund sein? Und was geht eigentlich mit Hund - und was geht nicht? Mir fielen jetzt die Hunde auf, die vor den Supermärkten angebunden auf ihre Menschen warten mussten - einige total verängstigt. Nein, das würde ich Jacob ganz sicher nicht antun. Aber *wie* würde ich in der ersten Zeit an Lebensmittel kommen, wenn der Kleine noch nicht allein sein kann? Nur noch online shoppen? Essen auf Rädern?

Vieles, was jetzt selbstverständlich war, würde zusammen mit Jacob ganz anders laufen. In meiner Praxis würde er ein Körbchen haben und lernen müssen, meine Arbeit nicht zu stören. Aber was, wenn der junge Flegel das nicht einsieht und keine Ruhe gibt? Keine Ahnung.

Dazu kam mein schlechtes Gewissen wegen meines Katers: Mino hatte während meines Indientrips zum zweiten Mal in so kurzer Zeit in seiner Katzenpension Zwangsurlaub gemacht.

Und im Mai würde ich ihn schon wieder dort unterbringen müssen. Zwar war die der pure Luxus gegen Jacobs momentane Bleibe - aber mich beschäftigte ohnehin die Frage, wie mein Kater damit umgehen würde, wenn hier plötzlich ein Hund einzieht. Mit dem er seinen Menschen teilen muss! Dass Jacob kein Katzenjäger war, hatte ich in Indien schon sehr erleichtert festgestellt. Aber dass Mino auf Hunde stehen würde, hielt ich doch für ziemlich unwahrscheinlich. Für die erste Zeit des Aneinandergewöhnens brauchte es unbedingt einen strategisch und hunde-katzen-psychologisch klugen Plan!

Der nächste wichtige Schritt war jetzt, Jacobs Blutprobe unbeschadet nach Deutschland zu bekommen. Die Abreise meiner Freundin Agnes stand unmittelbar bevor. Sie würde zwei Wochen Urlaub in Varkala machen. Es war schon wirklich merkwürdig: Lange bevor ich Jacob kennen lernte, hatte sie den Flug nach Trivandrum gebucht und beschlossen, sich anschließend noch einige Tage Fort Cochin anzusehen und von dort nach Hause zu fliegen.

Ich glaube ja nicht an Fügung und Schicksal, nur war dies ein wirklich extrem glücklicher Zufall! Ohne Agnes Reisepläne hätte ich wohl selbst nach Cochin fliegen müssen, um Jacobs Blut zu holen - das wäre teures Blut geworden!

An Agnes hing jetzt das ganze Projekt. Zwei Tage bevor sie in den Flieger stieg, fiel mir ein, dass es noch ein Problem gab (irgendetwas übersieht man ja leider immer): Sie würde nämlich sehr früh morgens von Cochin in Richtung Hamburg aufbrechen - und schon am Tag davor Jacobs Blut bei Dr. Sooraj abholen. Konnte man das Serum so lange den tropischen Temperaturen aussetzen? Meine Tierärztin meinte, dass Eiweiße unter Hitze kaputtgehen - und die kostbaren Antikörper *waren* Eiweiße. Das durfte nicht passieren.

Ich versuchte sofort, den Doc per Mail zu erreichen, und wie fast immer ließ er sich für seine Antwort Zeit. Schließlich bestand die Lösung darin, dass er das Blutserum in einem Coolpack deponieren würde. Damit würde es über Nacht bis zum klimatisierten Flughafen schön kühl bleiben. Und dort sollte Agnes die Probe sowieso in ihrem Kulturbeutel verstecken. Denn obwohl der Transport legal ist, wollten wir ihr Diskussionen mit dem Zoll ersparen. Guter Plan!

Während sie sich in Indien vergnügte, hörte und sah ich von meinem Hund: nichts. Mails und SMS an den Dog Trainer wurden nicht beantwortet. Überraschend? Nicht wirklich. Dr. Sooraj hatte mir aber versichert, dass es dem Kleinen gut gehe.

Ich war jetzt ein bisschen nervös. Denn was würde ich tun, wenn Agnes - warum auch immer - *ohne* das Blut zurückkäme? Oder wenn das Coolpack sich als nicht cool genug erweisen würde? Würde ich dann sofort ins Flugzeug nach Cochin steigen?

Und so versuchte ich, mich immer wieder runterzuholen, durchzuatmen und an die vielen anderen Dinge zu denken, die es zu organisieren gab nach einer hoffentlich positiven Nachricht vom Labor.

Antikörper!

Dann kam endlich der Tag, an dem Agnes zum Pet Hospital fuhr, um Jacobs Serum abzuholen. In Deutschland wurde es Mittag, in Indien also schon Nachmittag. Ich wartete seit Stunden auf eine Nachricht von ihr und wurde immer kribbeliger. War etwas schiefgegangen? Warum zur Hölle meldete sie sich nicht? Es konnte doch unmöglich so lange dauern, zur Klinik und zurück zu fahren? Dann die erlösende SMS: *Habe das Serum, melde mich*. Mir fiel ein sehr großer Stein vom Herzen.

Etwas später ploppte das Skype-Fenster in meinem Notebook auf, und Agnes strahlte nur so in die Kamera. Auch sie war erleichtert, dass alles geklappt hatte, und freute sich mit mir. Aber sie war auch ziemlich geladen, weil es überhaupt nicht so gelaufen war, wie wir es uns gedacht hatten: Als sie im Hospital ankam, war nämlich noch gar kein Blut abgenommen worden. Man ließ sie lange warten, dann erst fuhr Dr. Sooraj gemeinsam mit ihr zum Boarding Home. So lernte Agnes immerhin Jacob noch auf indischem Boden kennen. *So ein süßer Kerl!* schwärmte sie von meinem Kleinen. Ja, sie verstehe gut, dass ich gar nicht anders konnte, als ihn zu adoptieren.

Agnes musste mir natürlich ganz genau beschreiben, welchen Eindruck Jacob auf sie machte und wie die Blutabnahme abgelaufen war. Sie erzählte, dass er sich heftig gewehrt habe und von zwei Leuten festgehalten werden musste. Das hörte ich nicht gern. Armer Kleiner. Aber danach sei er sofort wieder freundlich gewesen. Nur wie es in seinem Zuhause aussah, fand Agnes ziemlich deprimierend. Jacob war draußen unter dem Vordach allein angebunden - an einer Kette, die höchstens einen Meter lang war. Die Menschen dort waren aber sehr nett zu ihm, fand sie. Und jetzt habe sie das Serum in der Kühlbox, und alles schien okay zu sein.

In der Nacht darauf konnte ich nicht schlafen und die Vorstellung in meinem Hirn nicht abschalten, wie man Agnes am Flughafen filzte und ihr die wertvolle Probe abnahm… aber es blieb glücklicherweise eine Fantasie. Denn am nächsten Tag waren Agnes und Serum heil in Hamburg angekommen, und ich hielt das Röhrchen mit dem Blut meines Hundes in der Hand. Meine Tierärztin schickte es in ihr Labor, das glücklicherweise für den Test zertifiziert war. Und dann hieß es nur noch: warten. Mindestens eine Woche würde es dauern, wurde mir gesagt. Deshalb war ich auch noch ganz entspannt, als mich die Praxis schon nach fünf Tagen anrief:

Das Testergebnis ist da, und Jacob hat ausreichend Antikörper. Er kann also kommen. Herzlichen Glückwunsch!

Diese Nachricht war für mich die großartigste, tollste, schönste des ganzen Jahres! Die wichtigste Hürde hatten wir genommen. Ich war im ersten Moment völlig außer mir, redete wirres Zeug und vollführte kleine Hüpfer und wusste gar nicht, wohin mit meiner Freude - nachdem ich meine Schwester, die ich gerade besuchte, ausgiebig umarmt hatte. Erst in diesem Augenblick spürte ich wohl wirklich, welche Last von meinen Schultern rutschte. Wir tranken Sekt und stießen auf meinen Hund an. Und dann war es schwer, zurück in den Alltag zu finden mit so viel Adrenalin im Hirn. Jetzt musste vieles geregelt werden, das ich bis zum Testergebnis offengelassen hatte.

Hotlines

Am 25. Mai, genau drei Monate nach der Blutabnahme, würde Jacob nach Deutschland einreisen dürfen - und ich wollte ihn keinen Tag länger in Indien lassen. Mir war nur noch nicht klar, welcher Weg nach Hamburg der beste sein würde. Direkt von Cochin flog keine Gesellschaft nach Europa. Über Dubai ging es ab dem ersten Mai nicht, weil es dort zu heiß sein würde - deshalb transportierte man dann keine Tiere mehr. Außerdem musste ein „Amtstierarzt" das Einreisedokument ausfüllen. Was mochte man in Indien unter einem Amtstierarzt verstehen? Und wessen Unterschrift würde man bei uns akzeptieren? *Nö, das reicht nicht - das könnte ja jeder unterschrieben haben,* wollte ich nicht unbedingt vom deutschen Zoll hören.

Eine Veterinärin am Frankfurter Flughafen gab mir den Tipp, die Regierung des indischen Bundesstaates Kerala anzuschreiben. Gute Idee, im Zeitalter der E-Mail kein Problem. Im Internet fand ich diverse kompetent klingende Regierungsstellen und eine veterinärmedizinische Uni. Ich schrieb alle an - und das Resultat einiger Tage angespannten Wartens war: null. Nicht eine Antwort! Dass in Indien die Mühlen etwas langsamer mahlen, war mir klar, aber null war doch etwas weniger als erwartet. Ich suchte also weitere Adressen heraus und startete eine zweite Mail-Welle.

Immerhin hatte ich inzwischen die beste Reiseroute für Jacob und mich herausgefunden: Wir würden von Bangalore mit der Lufthansa nach Frankfurt fliegen. Nach einem Anruf bei der Hotline bekam ich sofort die Bestätigung für den Transport eines Hundes. Erstaunlicherweise: no problem. Aber vorher mussten wir noch irgendwie von Cochin nach Bangalore kommen. Über 500 Kilometer. Neun Stunden im Taxi? Lieber nicht. Mit dem Zug? Ich fand im Netz die Info, dass die indische Bahn grundsätzlich keine Hunde transportiert. Jedenfalls nicht zusammen mit dem Menschen. Im Bus ginge das - aber wer einmal in den Genuss einer Reise in einem indischen Bus kommen durfte… Nein! Blieb also nur ein weiterer Flug. Nicht schön - aber immerhin eine Übung für den langen Interkontinentalflug.

Mein Ticket war schnell online gebucht. Für das von Jacob mailte ich der indischen Gesellschaft Jet Airways, die - man glaubt es kaum - *nicht* antwortete. Ich versuchte es nach einigen Tagen bei deren Frachtabteilung, und die schrieb sofort sehr nett zurück. Man wollte alles *sehr* genau wissen über den Hund und die Reiseumstände. Viele Mails gingen zwischen Indien und Hamburg hin und her. Formulare wurden ausgefüllt. Schließlich teilte man mir mit, ich müsse bis zum ersten April auf eine Zusage warten, weil dann ein neuer Flugplan gelte.

Nicht unbedingt logisch, weil ich *mein* Ticket ja schon hatte. Aber nach einer tieferen Logik zu fragen, ist in Indien manchmal unfruchtbar. Also warten.

Inzwischen trafen *keine* Antworten von Uni oder Regierung ein. Ich wurde nervös - ohne Amtstierarzt keine Einreisebescheinigung. Nicht ernsthaft zog ich Fälschung oder Bestechung in Erwägung. Ich kam nicht weiter.

Wesentlich mehr Spaß machte die Buchung unserer Hotels. Bevor ich mit Jacob nach Bangalore fliegen würde - sofern man uns denn mitnahm - wollte ich drei Tage in Cochin mit ihm verbringen, um ihn wieder an mich und vor allem an die Transportbox zu gewöhnen. Mir kam die geniale Idee, mit meinem Hund die Stadt sofort zu verlassen und uns in Cherai, einem Strandort in der Nähe des Flughafens, einzuquartieren. Warum sollten wir es uns nicht nett machen.

Ein wunderschönes Beach Resort erklärte sich bereit, mich mit Hund aufzunehmen. Und in Bangalore fand ich ein hundefreundliches Hotel mit grünem Innenhof, wo Jacob und ich es bestimmt zwei Tage aushalten würden. Ich befürchtete, diese Zeit würden wir für den Amtstierarzt und die eventuelle Suche nach ihm bestimmt brauchen.

Schließlich fand sich auch dafür eine Lösung: Dr. Sooraj vom Pet Hospital schrieb mir, dass ein *Quarantine Officer* das Formular abstempeln könnte. Den fand ich schnell auf der Website des Airports von Bangalore. Dort hatte der Officer sein Büro - und er antwortete mir sogar sofort, dass alles gar kein Problem sei. Ich müsse nur rechtzeitig einen Termin machen. Das war doch mal eine erfrischend klare Ansage!

Als ich dann am 1. April die Airline meiner Wahl kontaktierte, wusste man *gar nichts* von unserer intensiven Mail-Konversation. Aber ich solle doch einfach mit dem Hund zum Flughafen kommen. Wenn ich das richtige Formular plus Gesundheitszeugnis meines Tierarztes plus einer kleinen Gebühr in doppelter Höhe meines eigenen Flugtickets (!) mitbringe: *no problem!* Allerdings wollte man mir partout keine Bestätigung für einen Transportplatz im Flieger geben. Nicht wirklich beruhigend, aber wohl nicht zu ändern.

Von einer Regierungsstelle bekam ich später tatsächlich doch noch eine Antwort auf meine erste Mail: Man erklärte mir, dass indische Regierungsstellen *grundsätzlich* keine E-Mails beantworten. Ach so.

Westjütland - Oktober 2013

Erst jetzt fällt mir auf, dass die Sonne schon hinter den Dünen untergegangen ist. Der inzwischen vollkommen wolkenlose Himmel leuchtet noch leicht rötlich. Einige Sterne sind schon schwach zu erkennen.

Als ich auf die hölzerne Veranda vor dem Wohnzimmer trete, bin ich überrascht, wie mild die Luft ist. Kein Wind ist mehr zu fühlen, nichts bewegt sich hier draußen. Alles scheint stillzustehen - während in meinem Kopf Bilder aus Indien Achterbahn fahren. Varkala, Cochin, ein Garten in Bangalore. Der Sonnenuntergang am Cherai Beach zusammen mit Jacob.

Mir fällt auf, dass ich keinen Laut höre. Ein Vogel weit entfernt in der Heide macht undefinierbare Geräusche. Dann wieder Stille. Mir fällt es schwer, mich darauf einzulassen - meine Erinnerungen wollen nicht zur Ruhe kommen. Mit ihnen fühle ich mich gerade stärker verbunden als mit der Gegenwart hier. Ich lasse die Terrassentür offen, um den Duft der Abendluft hereinzulassen, und öffne wieder mein Notebook.

Schon als Jugendlicher faszinierte mich Indien - die Geschichte des Unabhängigkeitskampfes Gandhis, Ravi Shankars Musik, eine Weile der funkelnde und umstrittene Osho. Nach dem Zivildienst wollte ich endlich das Land mit eigenen Augen sehen, hatte schon ein Flugticket gekauft, als mein Blinddarm durchbrach und ich mich auf der Intensivstation wiederfand. Dieses Erlebnis verunsicherte mich wohl so sehr, dass ich meine indischen Reisepläne zu den Akten legte.

Erst viele Jahre später fand ich, dass es Zeit wurde, meine alten Träume zu verwirklichen - sonst würde ich es womöglich nie mehr tun. Mit einem Freund reiste ich von Delhi durch Rajasthan bis nach Mumbai an der Westküste. Ich sah so viel Schönes, erlebte eine Freundlichkeit und ein Interesse der Menschen wie noch nirgendwo. Gleichzeitig verstörten mich die Armut und die Brutalität des Landes. Seine Kontraste sind oft nicht auszuhalten oder zu fassen.

Es ist schwer, Indien nur zu mögen, weil man es nicht selten auch hassen muss. Und sowieso kaum verstehen. Aber ganz bestimmt lässt niemanden dieses Land unberührt. Die einen fahren einmal hin und nie wieder - die anderen kommen nie mehr von Indien los.

Ich gehöre natürlich zur zweiten Gruppe. Schon im Jahr darauf war ich wieder dort unterwegs, dieses Mal allein und im Süden. Das Reisen durch das Land bleibt immer spannend, weil jede Region, jeder Bundesstaat, die Sprachen, Küchen und die Traditionen sich von den anderen unterscheiden.

Was allerdings überall gleich ist: Für den Ottonormaleuropäer ist Indien unglaublich anstrengend - vor allem wohl, weil wir so ganz anders ticken als der Ottonormalinder.

Wir erwarten eine Antwort wie *ja, nein* oder *weiß ich nicht* - *w*ir bekommen ein Kopfwackeln, das alles bedeuten könnte. Wir wollen wissen, ob es hier nach XY geht und hören ein *Ja* - obwohl der Mensch keine Ahnung hat, ein *Nein* aber unhöflich wäre. Wir wollen es *jetzt und ohne Umwege* - und das gibt es in Indien nun mal nicht.

Und dann ist da noch die indische Bürokratie…

Man muss dazu wissen, dass sie eine legendäre Einrichtung ist. Wer die deutsche Bürokratie mag, wird die indische lieben! Denn was die britischen Kolonialherren eingeführt haben, wurde anschließend bis ins Absurde perfektioniert. Einfachste Vorgänge, über die man bei uns kaum nachdenkt, brauchen hier unglaublich viel Zeit und Geduld (und manchmal kleine Geschenke). Sollte man gezwungen sein, Ämter, Banken, Polizei oder auch nur die Post zu besuchen - besser man meditiert vorher oder nimmt eine Valium. Und nichts, aber auch gar nichts geht ohne schön langes Schlangestehen. Selbst um beispielsweise eine popelige Bahnfahrkarte zu kaufen, muss man vorher ein ausführliches Formular ausfüllen. Denn der Inder *liebt* Formulare aus richtigem Papier mit vielen Durchschlägen! Sie wollen mal eben ein Ticket online bestellen und selbst ausdrucken? Sehr witzig. Reisen Sie lieber in die Schweiz.

Dieses kulturelle Aneinandervorbeidenken und -reden begegnet einem auf Reisen ständig und überall. Ich fand es meistens eher amüsant - auch weil es mir ja einen Spiegel vorhält.

Als ich im Frühjahr Jacobs Ausreise organisierte, verdrängte ich diese Erfahrungen wohl ein bisschen. Denn ich schaltete auf *meinen* Problemlösungs- und Organisiermodus - und verlangte nach verbindlichen Aussagen und eindeutigen, möglichst sofortigen Antworten. Schließlich hatte ich Termine einzuhalten! Kein Wunder, wenn ich manchmal das Gefühl hatte, gegen Windmühlen zu kämpfen…

Im März stand mir außerdem ein Ereignis der ganz anderen Art bevor, das mir gerade völlig schnuppe war: Im April drohte mein fünfzigster Geburtstag. Ich mache mir generell nicht viel aus Geburtstagsfeiern und hatte bisher, so gut es ging, einen großen Bogen um sie gemacht. Aber der fünfzigste erschien mir einfach zu unübersehbar, um ihn gänzlich zu ignorieren.

Andererseits stand mir der Sinn überhaupt nicht danach, jetzt auch noch eine Party zu organisieren. Und mich nervten die ständigen Nachfragen meiner Liebsten, was ich denn mit diesem unglaublich bedeutsamen Tag anzustellen gedachte.

Wie Mütter so sind, sprach meine dieses Thema gern und oft an. Als sie mich Ende März mal wieder fragte, was ich denn am *allerallerliebsten* tun würde, antwortete ich spontan: *Mit Jacob feiern.* Genauso spontan antwortete sie: *Dann mach das doch. Ich schenke Dir die Reise!*

Und so kam es, dass ich Jacob völlig unerwartet doch noch einmal besuchte, bevor ich ihn im Mai endgültig holen würde.

April 2013 - Geburtstagsbesuch

So saß ich also kurz nach Mitternacht auf dem Flughafen von Dubai - und war gerade fünfzig geworden. Und ich war schon wieder auf dem Weg nach Indien.

Etwas abseits des Gewimmels in diesem riesigen Flughafen, der eigentlich eher ein Shoppingcenter mit Luftanbindung ist, fand ich eine ruhige Ecke, wo ich mir selbst mit einem Mangosaft zuprostete. Eine zugegebenermaßen ziemlich kleine Party - aber eine ganz besondere! Anstatt mich wochenlang mit Vorbereitungen herumzuärgern, schaute ich einfach mal bei meinem Hund vorbei.

Und bekam sogar ein unerwartetes Geschenk: Als ich am Schalter meiner Fluggesellschaft nach einem Platz am Notausgang fragte (wegen der langen Beine), fiel mein Geburtsdatum sofort auf - und man spendierte mir ein Upgrade auf die Business Class.

So kam ich als Fünfzigjähriger mal wieder nach Fort Cochin und stellte fest, dass die Aprilhitze noch deutlich ungemütlicher als die Februarhitze war. Ich hatte mir ein nettes Hotel direkt am Wasser gebucht - es sollte dem feierlichen Anlass ja entsprechen, hatte meine Mutter verlangt. Aber ich hatte jetzt nicht die Ruhe, diesen Luxus zu genießen, sondern wollte nur so schnell wie möglich zu meinem Hund. Ich stellte also nur meinen Rucksack ab, duschte schnell und machte mich auf den inzwischen vertrauten Weg zur Fähre. Auf der anderen Seite ließ ich mich von einem Tuk-Tuk direkt zum Boarding Home fahren.

Die letzten Meter ging ich zu Fuß und stand dann vor dem geschlossenen Tor. Ich hatte Dr. Sooraj zwar von meinem Besuch geschrieben, aber hier wusste man bestimmt nichts davon. Als ich den schweren Eisenriegel zur Seite schob, spürte ich ein Grummeln im Bauch, und meine Beine fühlten sich an wie aus Pudding. Zweieinhalb Monate hatte mich Jacob nicht gesehen - würde er mich überhaupt wiedererkennen? Darüber hatte ich ja, wie gesagt, schon oft gegrübelt. Was, wenn *Hunde vergessen ihre Menschen nicht!* ausgerechnet für meinen Hund nicht galt und er mich wie einen fernen Bekannten begrüßte? *Ach, Sie sind es. Nett, dass Sie auch mal wieder vorbeischauen. Nehmen Sie sich doch ein Getränk, ich bin dann gleich bei Ihnen…*

Als ich auf den Hof mit seinem Schotterbelag trat - immer noch *under construction* - startete sofort die übliche Geräuschkulisse. Drei Hunde waren angeleint unter dem Vordach, sprangen an ihren kurzen Ketten wild auf und ab und knurrten und bellten mich an.

Einer davon war Jacob.

Ich bekam einen Riesenschrecken, und in mein Hirn platzte der Gedanke, dass meine schlimmsten Befürchtungen gerade wahr wurden. Ganz langsam ging ich auf die Hunde zu und rief Jacobs Namen. Sein Bellen stoppte abrupt, und er starrte mich an. Es dauerte einen Augenblick - dann startete ein ganz anderes Programm: Jacob fiepte und wimmerte und zog heftig an seiner Kette, um zu mir zu kommen.

Als ich bei ihm war, schien er fast zu explodieren vor Freude! Er drückte sich an mich wie damals im Hospital, dann warf er sich auf den Rücken und streckte mir seinen Bauch entgegen - war aber viel zu aufgeregt, um sich von mir streicheln zu lassen, sprang hin und her und musste dann sofort wieder in meinen Arm. Ich war bestimmt genauso aufgeregt wie er und einfach nur glücklich. Es dauerte eine Weile, bis die Tränen aufhörten, mir über das Gesicht zu laufen. Natürlich war ich noch Jacobs Mensch!

Jetzt kamen auch der Dog Trainer und die Pfleger, und es gab ein großes Hallo. Dass ich für eine Woche aus Europa gekommen war, nur um meinen Hund zu besuchen, stieß natürlich auf größte Verwunderung! Für einen Mischling vom Strand? Aber man wusste ja, dass ich in dieser Hinsicht etwas merkwürdig war.

Nachdem alle Beteiligten sich beruhigt und ausgetauscht hatten, bekam ich wieder einen Stuhl unter das Vordach gestellt, und dann saß ich - als sei keine Zeit vergangen - wieder hier mit meinem Hund, der sich neben mir im Schotter zusammenrollte und erschöpft und offensichtlich sehr zufrieden einschlief.

April / Mai 2013

Zurück von meinem Geburtstagsausflug, blieben mir in Hamburg noch genau vier Wochen, bis ich wieder in den Flieger nach Indien steigen würde. Mein spontaner Besuch bei Jacob hatte natürlich meine Ängste zerstreut, er könnte sein freundliches Wesen verloren oder mich vergessen haben. Meine täglichen Besuche bei ihm, unsere Spaziergänge durch die schmalen Straßen rund um sein Boarding Home hatten uns noch vertrauter gemacht. Als ich mich von ihm verabschiedete, war ich nicht allzu traurig - ich flüsterte ihm nur ins Ohr, dass wir diese letzten vier Wochen doch auch noch schaffen würden. *No problem, mein Kleiner!*

Ich kam sehr entspannt nach Hause, doch dieser Zustand wurde bald wieder auf eine harte Probe gestellt. Eigentlich waren nur noch Kleinigkeiten zu regeln - aber die konnten ganz schön nerven! Vor allem das Thema *Hund und Flugzeug:*

Würde mein Hund maximal fünf Kilo wiegen, hätte er den Flug gemütlich in einer Tasche auf meinem Schoß verbringen können. Aber Jacob brachte inzwischen mehr als das Dreifache auf die Waage - da blieb nur der Frachtraum.

Flugzeuge haben für Tiere spezielle Räume, die angeblich (denn wer kann und will es überprüfen?) genauso gut klimatisiert sind wie der Passagierraum. Dort werden sie in Kunststoffboxen untergebracht, die den Regeln der IATA entsprechen müssen. Es muss ein Behälter für Wasser darin angebracht sein, und das Ding hat groß genug zu sein, dass der Wauwau darin stehen und sich drehen kann. Es wird weder fragwürdiges Essen noch Tomatensaft serviert. Auf der Website der Lufthansa las ich, dass man das Tier vorher langsam an die Box gewöhnen und ihm eine Decke mit vertrauten Gerüchen mit auf die Reise geben solle.

Soweit ich mich in ein Hundehirn hineinfühlen konnte, stellte ich mir die ganze Angelegenheit extrem beängstigend vor. Trotzdem scheiden sich die Geister über der Frage, ob man dem Tier ein Beruhigungsmittel geben sollte oder nicht. Dagegen spricht angeblich, dass der Organismus unter den Druckbedingungen in der Luft ganz anders als gewöhnlich reagieren könnte. Und dort oben kann ihm dann niemand helfen, wenn etwas schiefgeht. Klingt vernünftig. Aber sollte man, um jedes Risiko zu vermeiden, das arme Wesen dieser stundenlangen Geisterbahnfahrt aussetzen? Ich entschied mich für die Dröhnung.

Ich hatte eigentlich vor, eine Transportbox für Jacob aus Deutschland mitzubringen, um ganz sicher zu sein, dass sie alle Anforderungen erfüllt. An sich kein Problem - nur war die Box der Lufthansa ein paar Zentimeter zu groß, und das sollte schlappe 200 € extra kosten! Da man mich auf dem Hinweg für die letzte Strecke von Mumbai nach Cochin auf Jet Airways gebucht hatte, mussten auch die der Übergröße zustimmen.

Aber dort dachte man gar nicht daran. Lufthansa sagte: *Die wollen nicht, geht eben nicht, sorry.* Meine Mails an Jet Airways wurden - Überraschung! - nicht beantwortet. Glücklicherweise half mir eine Bekannte, die in Mumbai wohnt, denn meine eigenen Versuche, mit der Hotline zu reden, fruchteten nicht wirklich. Am Ende kam dabei heraus, dass ich bei der Zwischenlandung doch bitte noch einmal zusätzlich 150 $ bezahlen sollte. Dann sei es gar kein Problem!

Ich lasse mich ja gern mal ausnehmen und für blöd verkaufen. Das hat allerdings auch Grenzen. Deshalb fragte ich schließlich bei Dr. Sooraj an, ob er mir eine Box besorgen könne.

Ich tat das nicht gern, weil ich befürchtete, möglicherweise ein nicht zugelassenes Exemplar zu bekommen. Das sei *no big deal*, schrieb er mir zurück. Meine Nachfrage, ob seine Box auch von der IATA abgesegnet sei, beantwortete er dagegen nicht. So zog sich die Boxen-Frage eine Weile hin. Am Ende war ich mir nicht so sicher, ob es denn nun klappen würde mit dem Ding. Aber ich würde ja drei Tage vor Ort sein - da ließe sich notfalls eine Box schon irgendwo auftreiben.

Eine ganz andere Frage, die mich beschäftigte, war: Wie schaffe ich es, dass mein Kater Mino und Jacob sich auf friedliche Weise aneinander gewöhnen? Schließlich sollte Jacob nicht mit Kratzwunden begrüßt werden und Mino sich nicht aus Eifersucht sofort ein neues Zuhause suchen.

Ich sprach mit verschiedenen Menschen, die Erfahrung hatten mit der Koexistenz von Hund und Katz. Gemeinsam erdachten wir einen Plan: Von Anfang an musste klar sein, wer wo in der familiären Hierarchie steht. Natürlich musste Mino der Chef sein - weil er ältere Rechte hatte und eine Katze ist. Katze ist immer Chef. Damit die Verhältnisse gleich klar sind, sollte Mino schon zu Hause sein, wenn ich mit dem neuen Rudelmitglied Jacob anreise.

Meine Mutter erklärte sich bereit, mit dem Kater Posten zu beziehen und auf uns zu warten. Jacob würde bestimmt erst mal unsicher reagieren und keinen Rabatz machen. Aber für Mino würde es wohl ein Schock sein, wenn hier plötzlich dieses Riesentier in der Wohnung steht. So nah war er einem Hund noch nie.

Die Lösung: Jacob sollte für die ersten Tage im Wohnzimmer angebunden werden, und ich würde auf der Couch schlafen, damit er nachts nicht allein ist. Mino könnte dann in Ruhe ausprobieren, wie nah er dem Hund kommen möchte - und sich verziehen, wenn er das braucht. So hätte er die ganze Wohnung zur Verfügung. Und dann würden wir weitersehen, wie es sich entwickelt. Guter Plan!

Einige Tage vor meiner Abreise war alles geregelt. Es würde bestimmt etwas schiefgehen - aber jetzt konnte ich nichts mehr tun als durchatmen und loslassen.

Hinter mir lagen mehr als vier aufregende Monate. Mal voller Optimismus und Freude - manchmal hatten es mir Sorgen und Zweifel nicht leicht gemacht. Aber welchen Weg hatten wir zurückgelegt! Noch im Dezember war es mir als nicht machbar erschienen, Jacob nach Hamburg zu holen. Und dann hatte sich Schritt um Schritt für jedes Problem eine Lösung gefunden.

Vor allem kam von so vielen Seiten Unterstützung, und die Hilfsbereitschaft der Menschen war oft überwältigend - für mich eine unglaubliche Erfahrung!

Mumbai

Am 18. Mai stieg ich in eine Maschine nach Mumbai, wo ich weit nach Mitternacht ankam. Mit meinem Gepäck musste ich mit einem Bus zum Domestic Airport fahren, von dem es erst morgens weiter nach Cochin gehen sollte. Das nicht mehr ganz neue Gefährt verließ den internationalen Terminal und fuhr lange auf einer schmalen Straße am Rand des Flughafens entlang. Dort grenzte eine Mauer das Gelände ab, die von spärlichen Laternen in ein gelbliches Licht getaucht wurde.

Ich war müde und das Rumpeln des Fahrwerks monoton. Nach einer Weile, meine Augen hatten sich an das Dämmerlicht gewöhnt, bemerkte ich, was direkt hinter und zum Teil über der

Mauer lag: Kilometer um Kilometer hinter Nato-Stacheldraht stapelten sich ärmliche Hütten in-und übereinander! Es musste sich um einen der vielen Slums Mumbais handeln, über die ich schon viel gelesen hatte. Ich konnte keine Menschen sehen, in einigen Hütten brannte schwaches Licht. Im Bus schien niemand der Passagiere Notiz zu nehmen von der Armut, die hier so nah war und doch in einer anderen Welt lag.

Auf meiner ersten Indienreise war Mumbai die letzte Station. Damals wohnte ich für einige Tage mit meinem Reisebegleiter bei einer Schulfreundin in Malabar Hills. Das ist Mumbais reichster Stadtteil, wo die Oberschicht und Ausländer ihre Villen und Gated Communities haben. Nachdem wir auf unserer Reise viel Armut gesehen hatten und einige Strapazen hinter uns lagen, waren wir dankbar, so luxuriös untergebracht zu sein. Wir wurden vom Personal versorgt und von einem Fahrer herumkutschiert, wenn wir es wollten. Wir lebten in einer Blase des Wohlstands und sahen nur einen winzigen Ausschnitt dieser Riesenstadt. In Mumbai leben über 12 Millionen Menschen - die Hälfte von ihnen in Slums ohne Wasseranschluss und Kanalisation.

Jetzt bekam ich zum ersten Mal eine winzig kleine Ahnung, wie die ärmeren 6 Millionen Menschen leben. Ich dachte daran, wie hart ihr Leben jenseits dieses Zauns bestimmt war - und wie absurd es ihnen erscheinen würde, mit welchem Aufwand ich einen Hund von Indien nach Europa holte. Aber dieser Gedanke verschwand schnell, als wir den Terminal erreichten und ich wieder in der vertrauten, überall gleichen Flughafen-Atmosphäre des Inlandterminals war.

Cherai Beach

Beim Frühstück sah ich über eine saftig grüne Rasenfläche, die direkt an einen See grenzte. Die Backwaters von Kerala - wie es sich gehörte, umringt von Kokospalmen; im Wasser einige Holzgestelle der *Chinese Fishing Nets*, auf denen Vögel saßen. Es war still, nur die unvermeidlichen Krähen krächzten gelangweilt vor sich hin. Durch die Blätter der Palmen schien die Sonne auf das Gras, die Hitze war jetzt schon schwer auszuhalten - sie hatte seit April noch einmal ordentlich zugelegt. Kam ein leichter Windzug vorbei, fühlte es sich an, als würde man seinen Kopf in einen Umluftbackofen halten. Obwohl ich mich kaum bewegte, lief mir der Schweiß nur so über das Gesicht. Außer mir schien hier im Moment nur eine indische Familie zu Gast zu sein, die Saison war schon vorbei. Und in ein paar Stunden würde Jacob bei mir sein.

Ich war am vorherigen Morgen angekommen. Nach dem zähen, müden Warten auf dem Domestic Airport von Mumbai und der langen Taxifahrt von Cochin hierher hatte mich das junge französische Paar, dem das Resort gehört, herzlich empfangen wie einen alten Bekannten. Ich hatte vorher geschrieben, dass ich gern mit meinem Hund kommen würde - und sie hatten eine Ausnahme von ihrer *No-pets-permitted-Regel* gemacht und uns beide eingeladen.

Cherai Beach liegt auf einem schmalen Landstreifen zwischen Meer und Backwaters, nur von einzelnen Häusern besiedelt und ein paar verstreuten Hotels. Angeblich ist hier in den Ferien die Hölle los. Aber jetzt machten hier wohl nur Menschen Urlaub, die *wirklich* Ruhe suchten. Nachdem ich hier angekommen war, hatte ich die meiste Zeit auf der Terrasse vor meinem Bungalow verbracht, gedöst und auf den See geschaut. Nur froh, endlich hier zu sein - und dass jetzt bald Jacobs Reise nach Hamburg beginnen würde.

In der Nacht hatte mich die Hitze kaum schlafen lassen. Im Kopf war ich immer wieder die nächsten Tage durchgegangen - die Stationen unserer Reise und mit welchen Hindernissen ich rechnen musste. Aber heute Morgen dachte ich nur voller Vorfreude daran, dass ich Jacob wiedersehen würde.

Um 10 Uhr holte mich das Hoteltaxi ab. Der Fahrer kannte den Plan und wusste, wohin wir fahren mussten. Zuerst zu Jacobs Boarding Home, wo wir den Kleinen einladen würden, um dann zur Klinik zu fahren. Von Dr. Sooraj brauchte ich ein Gesundheitszeugnis für den Flug nach Bangalore und natürlich die bestellte Transportbox. Und dann würde es hierher zurückgehen.

Mit jedem Schlagloch bröckelte meine Entspannung ein wenig mehr, denn ich musste daran denken, wie Jacob wohl den Rückweg vertragen würde. Hoffentlich würde es nicht so schlimm wie seine erste Taxifahrt - und hoffentlich kein Übergeben.

Als ich durch das Tor des Boarding Homes trat, war ich genauso aufgeregt wie beim letzten Mal. Mein Hund, der wieder angebunden unter dem Vordach lag, erkannte mich jetzt aber schon von Weitem! Jacob tobte und bellte und fiepte und wusste wieder gar nicht, wohin mit seiner Freude, bis ich endlich die zwanzig Meter bis zu ihm zurückgelegt hatte und bei ihm war. Ich umarmte und hielt ihn, er drückte seinen Kopf gegen meinen Bauch und wurde langsam ruhiger und ließ sich streicheln. Größer war er geworden in den vier Wochen! Er hatte jetzt nichts Welpenhaftes mehr, sondern war ein richtig muskulöser junger Kerl. Da der Taxifahrer wartete, verabschiedete ich mich mich von den Pflegern und bedankte mich noch einmal für alles, was sie für Jacob getan hatten.

Dem schien der Abschied nicht schwerzufallen, denn er folgte mir zum Tor, ohne sich noch einmal nach dem Ort umzuschauen, wo er immerhin sein bisher halbes Leben verbracht hatte. Jacob stieg zu mir ins Taxi, nachdem er erst gezögert und mich anschaut hatte, als wollte er mich fragen *Muss das wirklich sein?* Ja, es musste.

Die Fahrt zum Pet Hospital hatten wir schnell geschafft. Dort warteten wir eine Weile, Jacob war ganz locker, schaute sich erst ein bisschen um und machte ein Schläfchen. Was für ein Unterschied zu unserem ersten Besuch, als wir beide vor vier Monaten hier völlig fertig und verängstigt angekommen waren.

Dr. Sooraj kam mit zwei Transportboxen unter den Armen durch die Eingangstür. Er war heute nicht so herzlich, wie ich ihn sonst kannte - was wohl an unserem letzten Mailwechsel lag, der nicht so harmonisch verlaufen war: Ich hatte von ihm wissen wollen, ob er *ganz sicher* bis zu meiner Ankunft eine offiziell zugelassene Box in der richtigen Größe besorgen könne. Er hatte nämlich vorher mit dem üblichen *no problem* geantwortet - und dann auf meine Detailfragen gar nicht mehr. Ich hatte deshalb zweimal nachgehakt, was ihn wohl schwer nervte, weil er dann in übergroßen Buchstaben zurückschrieb

I WILL ARRANGE THE CAGE. SURE.

Okay, verstanden. Jetzt präsentierte er mir zwei Boxen, die für meinen Kater die richtige Größe gehabt hätten - nur ganz sicher nicht für Jacob!

Der Doc war offensichtlich schlechter Laune und versuchte mir weiszumachen, dass es mit den Dingern doch irgendwie gehen müsse. Aber dann sah er ein, dass man den Hund nicht einmal gebogen und gefaltet darin unterbringen könnte.

„Ich habe nur noch eine viel größere Kiste im Angebot", meinte er, „und die ist sehr teuer - 12.000 Rupien". Das war tatsächlich sehr viel teurer als die Boxen, die ich im Netz gesehen hatte. Aber da wir am übernächsten Tag fliegen wollten, hatte ich ja keine Wahl. Also schob er griesgrämig wieder ab und kam nach einer Weile mit einer Box wieder, die zwar eine Nummer zu groß, aber völlig okay war. Mir fiel mal wieder ein Stein vom Herzen. Nach einer Weile konnte auch Dr. Sooraj wieder grinsen - und ich mir nicht verkneifen, dass ich eben *deshalb* häufiger nachgefragt hatte…

Während der Doktor die Bescheinigung ausfüllte, schraubte ich mit dem gelangweilten Taxifahrer die Box zusammen, die sich Jacob dann zu betreten weigerte. Egal, musste er eben wieder im Fußraum des Taxis fahren. Der Abschied von Dr. Sooraj war schließlich doch sehr herzlich. Ich war ihm sehr, sehr dankbar für seine Unterstützung, ohne die ich Jacob wohl jetzt nicht nach Hamburg hätte holen können.

Die Taxifahrt zu unserem Hotel lief dann besser als erwartet. Ich hatte vorher versucht, Jacob eine Pille gegen Reiseübelkeit zu geben, versteckt in einem Stück Wurst. Aber er hatte sich hartnäckig geweigert. Er hatte weder Wurst noch Pille schlucken wollen und beides so oft wieder ausgespuckt, bis ich es schließlich aufgab. Aber auch ohne überstand er die Fahrt, ohne sich zu übergeben - allerdings auch ohne allzu große Begeisterung.

Als ich in der Einfahrt des Hotels meine Autotür öffnete, sprang Jacob sofort hinaus, ohne zu schauen, was draußen auf ihn wartete. Er schüttelte sich nur einmal, wedelte sofort freudig mit dem Schwanz und war wie ausgewechselt, als unsere Gastgeber kamen, um Jacob zu begrüßen. Ich hatte ihnen am Abend zuvor viel von dem Kleinen erzählt, und jetzt waren sie gespannt auf das Wundertier, für das ich mich so sehr ins Zeug legte.

Und Jacob war genauso neugierig und freute sich über die neuen Gesichter. Auch die Hotelangestellten, die jetzt dazukamen, wurden von ihm begeistert begrüßt und beleckt. Ich staunte, wie charmant mein Hund es schaffte, einen Haufen Menschen in kürzester Zeit um die Pfote zu wickeln! Jeder wollte ihn streicheln und füttern, und er war sofort der Mittelpunkt des ganzes Betriebs. Wahrscheinlich war es für ihn damals am Strand lebenswichtig, so offensiv freundlich auf Menschen zuzugehen.

Nachdem sich Menschen und Hund ausgiebig beschnuppert und angefreundet hatten, zeigte ich Jacob unsere Bleibe, die ihm nach seinem Strandleben und dem Boarding Home als unfassbarer Luxus erscheinen musste. Weicher Rasen, auf dem er nach Belieben herumtollen konnte, anstatt Schutt und Beton. Eine Decke zum Liegen, die ich für ihn mitgebracht hatte, und natürlich alle möglichen Leckerlis.

Während ich erst einmal in einen Liegestuhl sank, war Jacob schon wieder dabei, den Garten zu erforschen. Die beiden Mädchen, die mit ihren Eltern auch hier zu Gast waren, adoptierten meinen Hund sofort und tobten mit ihm unter den Palmen herum. Ich schaute ihnen zu - und mir war sehr warm ums Herz. Da war er wieder, mein lebendiger, freundlicher Strandhund, der auch mein Herz so schnell erobert hatte.

Zwei Tage konnten wir uns in diesem Paradies entspannen - die ersten gemeinsamen Tage seit Januar in Varkala. Allerdings beschäftigten mich auch die Gedanken an unsere Heimreise.

Westjütland - Oktober 2013

Nach der ersten ruhigen, sturmlosen Nacht seit Tagen hat die Oktobersonne es heute Morgen schwer, den dichten Nebel zu durchdringen. Noch ist sie nur als verwaschener Fleck über der weiten Heidefläche zu erkennen - ohne Kraft, die feuchte Luft zu erwärmen. Genauso wie mein Kaminofen, der den Raum nur langsam aufheizt. Es ist noch kühl, ich sitze in eine Decke gewickelt und mit dem Notebook auf den Knien am Feuer.

Vor mir liegt jetzt die letzte Etappe unserer Geschichte. Und damit auch der Teil der Reise, der mir vorher die meiste Sorge bereitet hatte. Zwar war alles vorbereitet, der Termin vom Quarantine Officer bestätigt und selbst das Taxi in die Stadt war schon bestellt. Für jemanden, der mit seinem Hund schon häufiger im Flugzeug gereist ist, mag das schwer nachvollziehbar sein - aber ich hatte wirklich Angst davor, Jacob irgendwo am Flughafen abzugeben und ihn dieser Maschinerie anzuvertrauen. Ich hatte mir vorher von einigen Leuten ihre Erfahrungen mit der Hundefliegerei berichten lassen - und alle hatten mir versichert, dass es für das Tier nicht so schlimm sei. Aber *wussten* Sie es? Oder war es doch eher Wunschdenken, weil sie ihren Hund unbedingt als Reisebegleiter dabeihaben wollten? Andererseits - ich hatte ja gar keine Wahl. Und Jacob hatte schon so viel geschafft...

Mir fällt jetzt ein, dass ich ein Thema bisher noch nicht erwähnt habe: Ich war ja, wie gesagt, als Hundemensch absoluter Anfänger und befragte deshalb kundige Menschen, was eigentlich auf mich zukäme mit einem Strandhund aus dem Ausland. Was man mir erzählte, flößte mir eine Menge Respekt ein. Alles, was ein Straßen- oder Strandhund zum Überleben gelernt hat,

hat ja als Menschenhund schlagartig keinen Nutzen mehr für ihn. Er muss erst einmal lernen, dass jetzt jemand für sein Futter und seine Sicherheit sorgt. Und dass er sich nicht mehr bei jedem Menschen einzuschmeicheln braucht - und den Müll auf der Straße besser liegen lassen sollte.

Man erklärte mir, dass die meisten Straßenhunde total auf ihre Menschen fixiert sind. Viele ehemalige Streuner brauchen sehr lange, bis sie überhaupt allein bleiben können - und manche lernen es nie. Es hätte mich also nicht überraschen dürfen, wenn Jacob monatelang an mir geklebt hätte wie eine Klette.

Und wie anders würde sein Leben in der norddeutschen Großstadt sein als am indischen Strand oder im Boarding Home. Völlig fremde Gerüche, natürlich ein ganz anderes Klima (kalter Regen und Schnee!), unbekannte Pflanzen und Tiere und Begegnungen mit vielen anderen Hunden, die vielleicht ganz anders ticken als er. Immerhin war mir damals schon aufgefallen, dass in meiner Ecke Hamburgs die Mehrzahl der Hunde aus Süd- und Osteuropa zu stammen schien. Jacob würde also mit seinem Migrationshintergrund kein Exot sein. Und bisher hatte er sich als sehr sozial im Umgang mit Hund und Mensch erwiesen - warum sollte er also in Hamburg nicht zurechtkommen.

Nach allem, was mir erzählt wurde, ging ich aber davon aus, dass wir auf jeden Fall zusammen die Hundeschulbank drücken würden. Und es war beruhigend zu wissen, dass in meiner Familie und unter meinen Freunden einige Experten - inklusive Tierarzt - waren, die uns beiden zur Seite stehen würden. Dass es Fälle gibt, in denen Hunde überhaupt nicht in ihrer neuen Heimat zurechtkommen, war mir bewusst. Nur kannte ich Jacob gut genug, um mir sehr sicher zu sein, dass er bestimmt kein so harter Fall werden würde.

Als ich im Mai in Cherai meinen Rucksack packte und Jacob in seine Kiste setzte, dachte ich allerdings nicht darüber nach, wie unser Leben in Hamburg sein würde - sondern nur, wie ich ihn irgendwie wohlbehalten dort hinbekomme…

Mai 2013 - unterwegs

Kurz nach fünf Uhr morgens saß ich mit einem zugedröhnten Hund vor dem Flughafen von Cochin. Es war noch stockdunkel und angenehm kühl. Der Taxifahrer hatte uns hier abgesetzt und mir noch geholfen, die Kiste mit Jacob auf einen Trolley zu heben. Der Inlandsflughafen ist glücklicherweise ziemlich klein, sodass ich den Cargo-Terminal, wo man uns angeblich die Frachtpapiere ausstellen würde, schnell gefunden hatte. Aber das Büro der Airline öffnete erst um sechs Uhr. Also warteten wir so lange vor dem geschlossenen Tor - ich auf einer Bank, Jacob dämmerte neben mir vor sich hin, hob nur ab und zu seinen offensichtlich viel zu schweren Kopf und blickte mich durch das Gitter seiner Box völlig unbeteiligt an. Ich beneidete ihn um seine Entrücktheit.

Der Start in der Nacht war wie geplant gelaufen. Als Erstes verabreichte ich Jacob das Beruhigungsmittel, das mir meine Tierärztin mitgegeben hatte. Am Tag zuvor hatte ich mit einem Flohmittel ausprobiert, ob ich die Pille mithilfe eines seiner geliebten Butterkekse in meinen Hund bekomme - und es hatte prima funktioniert. Dann sperrte ich ihn gleich in seine Box, damit er sich in Ruhe der Droge hingeben konnte, während ich die letzten Sachen zusammenpackte. An die Box hatte ich ihn gestern übrigens ebenfalls mithilfe der Kekse gewöhnt. Nach einigen Versuchen sprang er sofort hinein und fand sogar die geschlossene Gittertür okay - solange es Gebäck gab. Außerdem hatte ich ihm neben seiner Decke auch ein T-Shirt von mir in die Box gelegt, damit er einen vertrauten Geruch bei sich hatte.

Als das Frachtbüro endlich öffnete, teilte mir der Uniformierte nur verschlafen auf seine Kaffeetasse starrend mit, dass er nicht zuständig sei. Ich solle mich doch direkt an den Schalter im Flughafen wenden. Dort beäugte man den Hund skeptisch über die Kante des Tresens und war sich nicht sicher, ob man dieses Tier transportieren könnte oder wollte. Wohl um auszuschließen, dass ich einen gefährlichen Kampfhund an Bord schleuste, fragte man mich immer wieder nach den Rassen, die sich in meinem Mischling mischen. Und immer wieder erklärte ich, dass ich keinen blassen Schimmer hatte. Aber wie ein Kampfhund sah der Kleine doch nun wirklich nicht aus!

Schließlich sollte ich mich an den Supervisor am Check-in-Counter wenden. Der hatte glücklicherweise keine Bedenken und gab uns sein Okay. Dafür bekam er meine Kreditkarte. Dann musste mein armer Hund seine sichere Box verlassen, damit das Ding geröntgt werden konnte. Jacob fiel es schwer, sich auf den Beinen zu halten mit dem Beruhigungsmittel im Hirn. Er taumelte und fiepte leise und hatte natürlich Angst im Gewimmel des Flughafens. Er drückte sich an mich, und ich redete leise auf ihn ein, bis er sich endlich wieder in die Box verkriechen durfte.

Vorher hatte ich mich oft gefragt, wie man wohl einen Hund eincheckt. Schließlich konnte man ihn ja nicht einfach auf das Laufband stellen wie einen Koffer. Aber ungefähr so funktionierte es in Cochin tatsächlich. Ein Holzschalter wurde einfach ein bisschen zur Seite gerückt, sodass die Box hindurchpasste - und schon wurde mein Hund von zwei Helfern weggetragen und war verschwunden. Ich hatte dabei ein *extrem* mulmiges Gefühl! Wie mochte man mit Jacob umgehen? Würde er in Panik geraten und bellen? Vielleicht würde man ihn dann gar nicht mitnehmen? Und mir erst in Bangalore mitteilen, dass mein Hund leider noch in Cochin auf dem Flughafen stand? Kein beruhigender Gedanke und gerade gar nicht konstruktiv. Schluss damit. Jacob würde schon nicht der erste Hund sein, den Jet Airways transportierte. Die Zeit bis zum Boarden fühlte ich mich, als hätte ich zwanzig Tassen Kaffee getrunken. Also nicht gerade tiefenentspannt.

Dann saß ich endlich im Flieger, starrte aus dem Fenster und beobachtete etwas apathisch den Ladevorgang. Da kam ein kleiner Transporter angefahren - und hatte tatsächlich Jacobs Box auf der Ladefläche! Und ich konnte sehen, wie zwei Arbeiter lächelnd mit ihm sprachen - bevor sie die Box ganz vorsichtig auf das Laufband hoben, die dann aus meinem Blick im Bauch der Maschine verschwand.

Mein Hund reiste also mit mir. Das war jetzt immerhin sicher. Andere Passagiere warfen mir mitleidige Blicke zu. Wahrscheinlich dachte man bei meinem Anblick an einen besonders schweren Fall von Flugangst…

Meine Anspannung ließ erst nach, als ich in Bangalore zum Gepäckband gehastet kam und mich dort zwei Offizielle schon erwarteten - einer mit meinem Rucksack, der andere mit Jacobs Box auf dem Trolley. So viel Geschwindigkeit war eine echte Überraschung! Der Kleine war noch so weggetreten, dass er sich zwar kurz schwanzwedelnd freute, mich zu sehen, sich dann aber lieber wieder seinen Träumen hingab. Was für eine Erleichterung - die kleine Reise war schon mal ohne Probleme geschafft.

Quarantine Officer

Am Flughafen von Bangalore wartete gleich ein wichtiges Date auf uns: Zwei Stunden später hatten wir einen Termin beim Quarantine Officer, der hoffentlich die nötigen Papiere für Jacobs Einreise ausstellen würde. Wo ich das richtige Gebäude finden würde, hatte ich mir schon vorher per Mail erklären lassen. Also machte ich mich schwer beladen mit Rucksack, Trolley und Jacobs Box darauf auf den Weg - und stellte bald fest, dass es gar nicht einfach ist, mit so einem Gerät hohe Kantsteine zu überwinden. Und davon gab es hier jede Menge.

Schließlich stellte sich uns auch noch ein uniformierter Mensch in den Weg und erklärte, dass ich *mit* dem Trolley nicht weiterfahren dürfe. Ich erklärte ihm, dass ich *ohne* das Ding Hund und Box kaum transportieren könne. Nach einigen hektischen Telefonaten und nachdem ich dem bestimmt wichtigen Menschen in der Leitung meine Mission erklärt hatte, ließ man uns ziehen. Über weitere Kantsteine. Das ist die andere Seite der indischen Bürokratie: Es gibt dann doch immer einen Weg, wenn man ein Problem ausgiebig beleuchtet, bejammert und diskutiert hat.

In das Büro des Officers wurden wir nicht vorgelassen, sondern mussten in der Eingangshalle des Gebäudes warten. Glücklicherweise lief dort eine Klimaanlage. Die Zeit meines Termins verstrich, und es passierte: nichts. Auf meine Nachfrage lächelte der Portier und meinte wenig originell, dass es *no problem* sei. Ich war mir nicht sicher, ob er überhaupt verstand, was ich wollte. *Ich habe einen Termin.* Lächeln. *No problem.* Jacob wurde langsam munter, weil die Wirkung der Pille nachließ. Er wirkte ganz zufrieden in seiner Box - bekam er doch Wasser und Futter und lag bequem auf seiner Decke.

Ich hatte es leider nicht ganz so gemütlich - aber immerhin Gesellschaft eines Inders, der in San Franzisko lebte und für einen Heimatbesuch seinen Hund mitgenommen hatte. Für die Ausreise brauchte er jetzt ebenfalls ein amtliches Dokument. Warum man für vier Wochen Urlaub das arme Viech um den halben Erdball schleppen musste, verstand ich nicht. Aber es war nett, nicht allein hier herumzusitzen.

Irgendwann tauchte ein Mitarbeiter des Officers auf und verlangte von mir alle möglichen Bescheinigungen, mit denen er wieder im Gebäude verschwand. Dann geschah wieder lange: nichts.

Der Vorgang war schon irgendwie putzig, denn man trug hier in Indien das Testergebnis des *deutschen* Labors in das EU-Formular ein - damit Hund/Katze/Frettchen nach Deutschland einreisen durfte. Warum schickte das Labor nicht einfach eine Mail an den Zoll: *Alles okay, lasst den Köter rein.* Wäre wohl zu einfach.

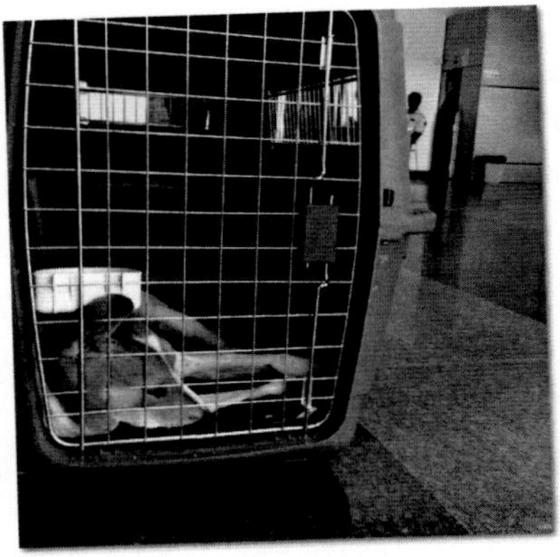

Immerhin warf der Quarantine Officer himself, in dessen Heiligtum wir irgendwann für eine Minute eingelassen wurden, einen kurzen Blick aus fünf Metern Entfernung auf Jacob. Eine eher weniger intensive Untersuchung. Aber warum sollte sich hier auch jemand dafür interessieren, in welchem Zustand ein Tier ist, das das Land *verlassen* wollte. Konnte Indien doch schnuppe sein.

Dann hielt ich tatsächlich DAS FORMULAR in der Hand, sozusagen die Hund/Katze/Frettchen-Greencard für Europa! Ich wäre gern irgendjemandem um den Hals gefallen, um meine Freude zu teilen - aber nicht mal Jacob wirkte daran sonderlich interessiert.

Nach ungefähr fünf Stunden konnten wir endlich in das Taxi steigen, das uns in unser Hotel in der Altstadt von Bangalore bringen sollte. Die ersten zwei Kilometer waren beeindruckend: Eine spiegelglatt asphaltierte Autobahn, wir schwebten ohne ein Ruckeln vorbei an aufwändig bepflanzten, parkähnlichen Seitenbegrünungen. So etwas hatte ich in Indien noch nie gesehen!

Aber bevor ich glauben konnte, dass die Hightech-City eben ganz anders war, hatte die Autobahn ihr Ende schon erreicht und ging nahtlos in eine mehrspurige Piste über, die die Kunst des Schlaglochs in ganz neue Dimensionen erhob. Ich fragte mich nur, wer zuerst kotzen würde - Jacob oder ich. Und ich glaubte, dass meine Chancen nicht schlecht standen…

eine Insel in Bangalore

Wunderbarerweise behielten wir beide nach über einer Stunde Fahrt unser Frühstück bei uns. Als das Taxi uns aber durch immer schäbigere und kleinere Straßen kutschierte, befürchtete ich schon, dass meine Hotelwahl nicht die allerklügste war. Die Gasse, in die wir schließlich einbogen, wirkte alles andere als vertrauenserweckend. Aber dann öffnete sich ein hohes Metalltor, und dahinter lag: eine kleine, grüne Insel! Wir wurden von dem freundlichen Hotelmanager empfangen, der aus Sorge über unser Nichterscheinen sogar schon mit dem Quarantine Officer persönlich telefoniert hatte.

Einzelne zweistöckige Gebäude standen um einen kleinen Garten mit Bäumen und einer Rasenfläche in der Mitte. Mein Zimmer verfügte sogar über eine Veranda zum Garten mit einer gemütlichen Bank. Hier würden wir also die beiden Tage verbringen bis zu unserem Abflug nach Frankfurt. Nach allem, was ich auf der Fahrt hierher gesehen hatte, war dies bestimmt das ganz große Los! Nur der hauseigene riesige, fette Hund -

selber ehemals ein Straßenhund, wie man mir erzählte - mochte uns überhaupt nicht und knurrte Jacob ständig an.

Alle anderen, die hier wohnten und arbeiteten, waren dagegen sehr nett. Als Erstes lernte ich eine junge Journalistin kennen, die für den Spiegel arbeitete und hier über die indische Metal-Szene (!) schreiben wollte. Weil die Welt bekanntlich ein Dorf ist, kam sie ebenfalls aus Hamburg - wir waren sogar fast Nachbarn! Und sie war auch ein Hundemensch, sodass uns die Gesprächsthemen so schnell nicht ausgingen. Außerdem wohnte hier ein junger Franzose mit seinem Vater, der die Lorelei auf Deutsch zu zitieren begann, als ich ihm sagte, woher ich kam, und eine buddhistische Nonne, die mir von ihrem Yogazentrum erzählte.

Der Besitzer des Hotels hatte lange in Österreich gelebt und sprach sehr gut Deutsch - mit einer originellen Mischung aus österreichischem und indischem Akzent. Und neben mir wohnte ein Paar aus New York, das gerade durch Südindien reiste und für meine Tipps dankbar war. Dafür wollten sie mich spontan für ihren Weblog über meine Arbeit als Coach und Autor interviewen. So gab ich mein erstes TV-Interview auf Englisch in einem Garten in Bangalore… Ich fand das Leben verrückt und sehr, sehr schön.

Obwohl es wenig Platz zum Toben gab, schien Jacob sich hier ebenso wohl zu fühlen - natürlich war er in kürzester Zeit der Liebling aller (bis auf den fetten Hausköter, der stur bei seiner Antipathie blieb) und wurde mit reichlich Futter und Streicheleinheiten bedacht. Ich machte nur den Fehler, gleich am ersten Abend mit ihm einen Ausflug in die Nachbarschaft zu unternehmen. Denn überall wurde Jacob von verhungert aussehenden Straßenhunden angebellt und war völlig verängstigt. So viel Feindseligkeit hatte er bestimmt noch nie erlebt! Mit Drohgebärden und Geschrei konnte ich ihm die Viecher, die mir ja auch leid taten, vom Hals halten und war extrem erleichtert, als wir zurück waren hinter dem schützenden Tor. Das war eine echt blöde Idee von mir - auf weitere Sightseeing-Aktivitäten verzichteten wir und blieben lieber auf unserer Insel.

Ich verspürte auch keinen Drang, sie zu verlassen. Merkwürdig war es schon, in einer unbekannten Stadt zu sein und nichts von ihr mitzubekommen. Es reichte mir, von den Erlebnissen der anderen Gäste zu hören. So vergingen zwei Tage mit Plauschen, Lesen, Essen, Spielen und Dösen.

Während ich vor einigen Wochen noch verkündet hatte, dass es mich wohl sehr lange nicht mehr nach Indien ziehen würde - hier wurde ich so kurz vor unserem Abschied doch ein bisschen wehmütig. Im letzten halben Jahr hatte ich mich zwar über vieles geärgert - was ich früher als Tourist charmant gefunden hatte, forderte jetzt meine Geduld manchmal ziemlich heraus - aber dieses Land und seine Menschen lagen mir nach wie vor sehr am Herzen.

Ganz anders als vor unserem Abflug aus Cochin war ich an unserem letzten Tag hier recht entspannt. Ich wusste jetzt, dass das Reisen für Jacob - mithilfe der Droge - kein allzu großes Problem war. Klar, der Flug nach Frankfurt würde mit 8 1/2 Stunden viel länger dauern als der von Cochin. Aber wenn wir erst einmal unterwegs wären, würde er bestimmt kaum merken, ob die Reise eine oder acht Stunden dauerte. Jedenfalls hoffte ich das. Und ich vertraute darauf, dass die Lufthansa sich gut um den Kleinen kümmern würde - immerhin gilt an Bord das deutsche Tierschutzgesetz.

Unser Flugzeug startete erst weit nach Mitternacht, so hatten wir noch einen ganzen Tag in Bangalore. Am Abend war schon alles gepackt, und wir warteten nur noch auf den Aufbruch. Eine Weile, bevor das Taxi uns abholte, gab ich Jacob seine Beruhigungspille zwischen zwei Keksen - und er verzog sich dann freiwillig in seine Box, in der er sich inzwischen ganz wohl zu fühlen schien. Während er in seinen Träumen versank, saß ich auf meiner Gartenbank und verabschiedete mich innerlich von Indien.

nach Hause!

Am Eingang des Flughafens von Bangalore wollten uns Soldaten nicht passieren lassen. In einen indischen Flughafen kommt nämlich nur, wer ein Flugticket hat - eine Maßnahme nach den Terroranschlägen von Mumbai. Die Bestätigung für Jacobs Transport war leider auf Deutsch, deshalb weigerte man sich, ihn hineinzulassen. Ich erklärte, übersetzte und argumentierte - ohne Erfolg. Man führte hektische Telefonate, es blieb beim Nein. Ich wurde unruhig und wusste nicht, was ich noch tun sollte. Allein hineingehen und Jacob draußen im Trubel stehenlassen?

Dann tauchte glücklicherweise eine Lufthansa-Offizielle auf, die man anscheinend zu Hilfe gerufen hatte, und regelte die Sache schnell. Netterweise begleitete sie uns bis zum Check-in-Schalter und erklärte mir, was zu tun war. Man wollte sehr genau wissen, wie es Jacob ging, welche Medikamente er bekommen und wann er zuletzt gegessen und getrunken hatte. Das wirkte vertrauenserweckend.

Nachdem ich uns beide eingecheckt, Papiere unterzeichnet und Jacobs Ticket bezahlt hatte, begleiteten uns zwei Mitarbeiter in die Katakomben des Frachtbereichs. Jacob musste seine Box noch einmal verlassen, während sie durchleuchtet wurde. Wieder konnte er kaum stehen, zitterte und wirkte völlig durcheinander. Ich hielt ihn im Arm und erzählte ihm leise von der großen Reise, die vor uns lag.

Schließlich ging alles wieder sehr schnell. In seiner Kiste wurde Jacob durch die Kontrollen geschoben und verschwand in den Eingeweiden des Flughafens. Beim nächsten Wiedersehen würden wir schon auf deutschem Boden sein. Ungewöhnlich für mich - aber ich machte mir jetzt tatsächlich keine großen Sorgen mehr. Zwar rechnete ich damit, dass es beim Zoll in Frankfurt Probleme geben würde. Bestimmt würde etwas fehlen oder ein Stempel die falsche Farbe haben oder weiß der Geier. Aber dann wäre mein Hund im Land, und sie könnten ihn nicht wieder wegschicken. Nach allem, was wir bisher durchgemacht hatten, erschien mir dieser letzte Schritt nicht mehr allzu besorgniserregend.

Fast zehn Stunden später landete der Jumbo am frühen Morgen auf dem Frankfurter Flughafen. Ich hatte viel Zeit eingeplant, weil ich kurz vor meinem Abflug nach Indien erfahren hatte, dass Tiere, die hier landen oder zwischenlanden, grundsätzlich in die nagelneue *Animal Lounge* gebracht werden. Weit weg vom Terminal in irgendeiner *Cargo City*.

Meine Freundin Anna hatte mir nämlich entsetzt von einer Glosse im SPIEGEL erzählt: Dort schrieb ein schwer genervter Journalist, wie es bei ihm fünf Stunden dauerte, bis er seinen Hund in dieser Lounge endlich entgegennehmen durfte. Auf der Website des Airports fand ich daraufhin tatsächlich die stolze Mitteilung, man habe die *weltweit größte Einrichtung dieser*

Art. Darauf war ich also jetzt eingestellt und wollte mich keinesfalls von denen nerven lassen. Ich hatte ja Zeit.

Sicherheitshalber fragte ich einen Lufthansa-Menschen, während ich in Frankfurt am Band auf mein Gepäck wartete. War es wirklich so, dass mein Hund in dieser großartigen Einrichtung ankäme?

Nö, der kommt wohl hier an. Da hinten, beim Sperrgepäck.

Konnte es sein, dass gar nicht stimmte, was auf der Website des Flughafens so blumig erklärt wurde? Als ich den Schalter für Sperrgepäck erreichte, kam Jacobs Box tatsächlich gerade herausgerollt. Ich konnte ihn einfach in Empfang nehmen, ohne Formalitäten, und da war er.

Was für ein Wiedersehen! Die Wirkung des Beruhigungsmittels war inzwischen verflogen und Jacob hellwach und munter. Keine Spur von Angst oder Verwirrung. Als würde er ständig in Flugzeugen reisen. Offensichtlich war ich deutlich aufgeregter als er. Ich musste ihm einfach immer wieder erzählen, wie außergewöhnlich es doch war, dass er jetzt hier war und wir gleich nach Hause fahren würden. Wenn uns der Zoll lässt…

Aber dort erwartete uns die nächste Überraschung: Während ich auf deutsche Kleinlichkeit und Schikanen eingestellt und innerlich schon in Kampfbereitschaft war, entpuppte sich der amtliche Vorgang als kleine Formalität. Ein kurzer Blick auf unsere Papiere, ein Lächeln, noch nicht einmal ein Stempel! Dann wurde ein Summer betätigt, und die Tür öffnete sich zur anderen Seite. Und damit war Jacob ab sofort ein europäischer Hundebürger! Mit allen möglichen Hindernissen hatte ich gerechnet - aber nicht damit, dass uns die Einreise so leicht gemacht wurde. Obwohl ich es so natürlich ganz in Ordnung fand.

Wir waren tatsächlich in Deutschland. Ja, mein Hund war endlich da! Alles, was mir vor einigen Monaten unglaublich schwierig bis unmöglich erschienen war, lag jetzt hinter uns. Etwas in meinem Hirn verstand es zwar - aber ein anderer Teil war einfach nur fassungslos und ungläubig. Als könnte gleich jemand aus der Kulisse springen und rufen: *War natürlich nur ein Scherz. Jetzt gibt´s richtig Ärger für Euch!*

Aber keiner kam. Leider war auch niemand da, mit dem ich meine Gefühle teilen konnte. Jacob wusste mit meinen emotionalen Aufwallungen wenig anzufangen. Er wirkte jetzt nervös - ihm war der Flughafentrubel wohl etwas zu viel, und er hatte bestimmt Hunger und Durst. Außerdem brauchte er sicherlich dringend ein Hundeklo, denn seine Box war im Flieger sauber geblieben - mein stubenreiner Strandhund.

Die letzte Etappe auf Jacobs Weg war ein Spaziergang. Da ich ihm nicht noch einen Flug zumuten wollte und eine Bahnfahrt wohl auch nicht gerade entspannt geworden wäre, fuhren wir von Frankfurt mit dem Mietwagen nach Hause. Gegen Attacken von Müdigkeit hatte ich Koffeinpillen dabei, die ich bald brauchte - während mein Hund friedlich schlafen durfte. Nachdem ich mich ordentlich verfahren hatte, hielten wir an der ersten Raststätte.

Jacob rannte kreuz und quer über die Grünfläche am Parkplatz und zog mich an der Leine hinter sich her. So aufgeregt hatte ich ihn selten erlebt. Völlig aus dem Häuschen saugte er die unbekannten Gerüche in sich auf. Ich musste daran denken, wie es war, als ich zum ersten Mal in Indien ankam. Wir traten aus dem Flughafen von New Delhi, und Hunderte von Menschen drängten auf uns ein. Ich wäre damals am liebsten sofort umgekehrt. Jacob war jetzt in einer ähnlichen Situation. Aber ängstlich wirkte er gar nicht - ihn zog es offensichtlich nicht zurück ins Auto und in seine Box. Nein, Jacob vibrierte vor

Neugier und drängte nach vorn, wollte alles beriechen und belecken.

Ich stellte ihm Wasser und Futter hin, aber das interessierte ihn überhaupt nicht. Selbst sein Geschäft erledigte er erst nach einiger Zeit. Nach einer Weile wurde er ruhiger, aß und trank, und dann saßen wir nebeneinander auf dem Rasen. Erst jetzt sickerte langsam in mein Hirn, dass mein Hund wirklich, wirklich hier war. Unser gemeinsames Leben hatte begonnen. Hier, auf einer Autobahnraststätte, in einem kühlen Mai, kurz hinter Frankfurt.

Die Stunden bis Hamburg vergingen schnell. Noch einmal anhalten wollte ich nicht. Auch wenn mein Magen knurrte und meine Müdigkeit einen Kaffee dringend nötig gehabt hätte. Ich fuhr wie auf Autopilot. Über acht Stunden ohne Schlaf im Flugzeug, nur berieselt von Musik und Filmen, die mich null interessierten. Die Aufregung - und dann der Moment, als die ganze Anspannung der letzten Monate plötzlich von mir abfiel. Und zu wissen, dass hinten im Auto mein kleiner Freund schlief.

Beim vertrauten Anblick des Hafens vor der Einfahrt in den Elbtunnel wurde ich wieder wach, und mein Herz begann, höher zu schlagen. Wir hatten es geschafft. Hinter uns beiden lag ein so weiter Weg - und jetzt kamen wir endlich nach Hause.

Als ich den Wagen in der Nähe meiner Wohnung abstellte, regnete es leicht. Typisches grau-schmuddeliges Hamburgwetter, ein Himmel, der tief über der Stadt zu hängen schien. Stunden nach unserer Rast in Frankfurt öffnete ich jetzt Jacobs Box unter der offenen Heckklappe. Einen Augenblick blieb er noch liegen und schaute mich an. Dann stand er langsam auf und reckte sich erst einmal ausgiebig. Ganz vorsichtig schob er seinen Kopf ins Freie und sah sich in alle Richtungen um. Was mochte er denken? Über die Kälte und den Regen?

Dann schaute er wieder mich an mit seinen braunen Augen. Als wollte er mich fragen: *Was soll ich denn jetzt tun? Was erwartest Du von mir?* Unsere Fahrt ist zu Ende - komm ruhig raus, mein kleiner Freund. Jacob sprang vorsichtig aus dem Auto auf den matschigen Boden.

Unser Gepäck ließ ich im Auto und band Jacob sein Halsband um. Ganz selbstverständlich ging er neben mir - über eine Straße und dann an Hauswänden einlang. Wie vor einer Weile noch durch die Gassen um sein Boarding Home. Es waren kaum Menschen unterwegs. Wir nahmen wohl beide den Regen gar nicht wahr. Ich konnte nicht glauben, dass dieser kleine indische Kerl jetzt über einen Fußweg in Hamburg-Ottensen trabte. Und immer wieder schaute Jacob zu mir herauf.

Dann standen wir vor meinem Haus. Ich wünschte mir, Jacob könnte verstehen, was für ein besonderer Moment dies war. Aus meiner Erdgeschosswohnung leuchtete warmes Licht. Mino und meine Mutter waren also schon da. Eine Kerze brannte im Wohnzimmerfenster - was für eine schöne Willkommensgeste für uns beide! Es sah gemütlich aus. Unsere Reise war zu Ende.

Westjütland - Oktober 2013

Die Sonne steht jetzt schon tief über dem Horizont und scheint schwach tiefrot durch die weit entfernten Wolken über der Nordsee. Die Kälte hier am Strand fühlt sich heute nicht mehr herbstlich mild an, sondern hat schon das Schneidende des Winters. Immerhin hat sich der leichte Wind, der vorhin noch um das Haus gestrichen war, inzwischen wieder gelegt.

Nachdem Jacob und ich lange über den Strand spaziert und gelaufen und getobt sind, sitze ich auf einem angeschwemmten Baumstamm und sehe der Sonne beim Untergehen zu. Zum ersten Mal seit Tagen bin ich wirklich ganz hier - und nicht mehr in meinen Erinnerungen unterwegs. Jetzt ist unsere Geschichte erzählt, nachdem ich schon in Indien manchmal darüber nachdachte, ob aus unseren Erlebnissen wohl einmal eine *Geschichte* werden würde. Es tut gut, sie aufgeschrieben zu wissen, weil meine Erinnerungen schon anfangen, langsam zu verblassen.

Einige Meter von mir liegt mein Hund im Sand und kaut auf einem Stück Holz herum. Im Licht der späten Sonne leuchten seine braunen Flecken rötlich, und seine Augen funkeln. So ein zufriedener kleiner Kerl! Ob er wohl auch manchmal noch an *seinen* Strand denkt und an das Leben dort mit den anderen Hunden? Ich erinnere mich noch genau an den Abend, als ich ihn zum ersten Mal beobachtete, während er mit seinen Kumpels über den Strand tobte. Fast ein Jahr ist es her, ein sehr langes Jahr. Mir geht diese Zeit oft durch den Sinn, vor allem die Bilder von unseren Abenden am Wasser.

Als ich etwas später wieder nach ihm schaue, bummelt Jacob ein Stück entfernt im Zickzack über den Sand und schnuppert nach allem, was irgendwie interessant sein könnte. Oder essbar - denn die Suche danach wird ein Strandhund wohl nie aufgeben.

Wie immer, wenn Jacob ohne mich unterwegs ist, schaut er von Zeit zu Zeit zu mir, bis sich unsere Augen kurz treffen. Als müsse er sich immer wieder vergewissern, dass ich noch da bin.

Ich bin da, mein kleiner Freund. Ich werde immer da sein.

Ein ganz großes Dankeschön

Nur mit der Unterstützung vieler Menschen habe ich mich für diesen langen Weg entscheiden und ihn bis zum glücklichen Ende gehen können.

Auf ganz unterschiedliche Weise standen mir zur Seite:

meine Mutter Leni, Anna, Ariane, Ben, Bine, Claudia, Isabel, Kerstin, Maryse, Mechthild, Piggy, Silvia, Svenja, Steffi und Tada,

das Team des *Cochin Pet Hospitals,* ganz besonders Dr. Sooraj,
meine Ottenser Tierärztinnen Inka Raabe und Dr. Bettina Jörß,
Odette Lyons vom *Animal Rescue Kerala,*
Shenaz Tamhane und Donald Fernands aus Mumbai,
Marjorie vom Les 3 Elephants in Cherai,
und das Team vom Casa Cottage in Bangalore.

Vielen Dank Euch allen!

Aber vor allem danke ich Jacob für sein Vertrauen in mich und seine Entschlossenheit, mich zu adoptieren.

Jacobs Weg gibt es übrigens auch im Internet - mit mehr Fotos und Informationen für Menschen, die Hund/Katze/Frettchen aus einem *„nicht gelisteten Drittlands"* adoptieren möchten:

www.jacobs-weg.info